CB136483

PEREGRINAÇÕES AMAZÔNICAS

– *História, Mitologia, Literatura* –

LIVROS EDITADOS PELA *LETRASELVAGEM*:

Coleção Gente Pobre (Romances):

1. INVENÇÃO DE ONIRA
   Sant'Ana Pereira

2. A MULHER, O HOMEM E O CÃO
   Nicodemos Sena

3. DEUS DE CAIM
   Ricardo Guilherme Dicke

4. O SAL DA TERRA
   Caio Porfírio Carneiro

5. GENTE POBRE
   Fiodor Dostoievski

6. A MALDIÇÃO DE ONDINA
   António Cabrita

7. SELVA TRÁGICA
   Hernâni Donato

8. DIÁRIO DE UM MÉDICO LOUCO
   Edson Amâncio

Coleção Sentimento do Mundo (Poesia):

1. TRATADO DOS ANJOS AFOGADOS
   Marcelo Ariel

2. O HOMEM DESERTO SOB O SOL
   Edivaldo de Jesus Teixeira

3. ANIMA ANIMALIS – VOZ DE BICHOS BRASILEIROS
   Olga Savary

Próximos lançamentos:

OS DE BAIXO (Romance mexicano)
Mariano Azuela

OS VIRA-LATAS DA MADRUGADA (Romance brasileiro)
Adelto Gonçalves

Fábio Lucas

PEREGRINAÇÕES AMAZÔNICAS

– *História, Mitologia, Literatura* –

LetraSelvagem

Copyright © 2012 by Fábio Lucas

Grafia atualizada segundo o Acordo Ortográfico da Língua Portuguesa de 1990, que entrou em vigor no Brasil em 2009.

Direitos desta edição reservados à
Associação Cultural LetraSelvagem:
Praça Santa Cruz da Exaltação, 21 – Jd. Maria Augusta -
Taubaté-SP/Brasil – CEP 12.080-540. Telefone: (55) (12) 3635-3769.
E-mail: letraselvagem@letraselvagem.com.br
Sítio: www.letraselvagem.com.br

Diagramação: Cesar Neves Filho
Capa: James Cabral Valdana
Preparação de texto: Nicodemos Sena
Revisão: Marli Perim e Juliana Perim

O logotipo LetraSelvagem *foi idealizado a partir de cerâmica Aruak, padrões utilizados nas bordas dos vasos, compilados por Koch-Grünberg em 1910.*

Coleção À Margem da História
Organizador: Nicodemos Sena

Dados Internacionais de Catalogação na Publicação (CIP)
(LetraSelvagem, Taubaté, SP, Brasil)

Lucas, Fábio, 1931 -
Peregrinações Amazônicas – História, Mitologia, Literatura / Fábio Lucas. – Taubaté, SP: LetraSelvagem, 2012.
184 p.
1000 exemplares

ISBN 978-85-61123-10-9

1. Ensaios brasileiros
I. Título. CDD - B869.4

SUMÁRIO

CAPÍTULO III
A prosa opulenta

CAPÍTULO IV
A poesia da Amazônia

Este livro é dedicado
aos sobrinhos que optaram
por viver no Acre:

Eduardo Lucas Bambirra (e Maria Leon)
Reinaldo Lucas Bambirra (e Vera Lúcia)

mais os sobrinhos-netos, acreanos:

Camila
Ecaterina
Laura
Maxwel
Rakelly
Olintho
Vicente

PEREGRINAÇÕES AMAZÔNICAS

– *História, Mitologia, Literatura* –

Introdução

LENDAS E MEMÓRIAS DA AMAZÔNIA

A lenda e os fatores culturais do Amazonas ingressaram em minha consciência já monumentalizados. Eu colecionava títulos e obras que me lembravam os esplendores daquela parte do Brasil. Durante a fase de inspiração nacionalista, os temas e as formas da modernidade chegaram-me de modo especial por intermédio das leituras de Mário de Andrade. Poesia e prosa.

No "Acalanto do seringueiro" o poeta descreve: *"Macambúzio, pouca fala,/ Não boxa, não veste roupa/ De palm-beach..."*. Mais adiante, acrescenta: *"Mas porém é brasileiro/ Brasileiro que nem eu..."*

Entre as crônicas reunidas em *Os filhos da Candinha* (S. Paulo: Ed. Martins Fontes, 1942), de Mário de Andrade, revejo "Tacacá com tucupi", datada de 1939. O escritor reflete sobre a alimentação brasileira: "*Em todo caso, de modo grosseiro, pode-se dizer que há uma ascensão geográfica quanto ao refinamento e delicadeza da culinária brasileira. À medida que avançamos para o norte, mais os pratos se tornam delicados.*" (ob. cit., p. 123). Adiante, positiva: "*Mas, a meu ver, onde a culinária brasileira atinge suas maiores possibilidades de refinamento é na Amazônia.*" (ob. cit., p 125). No final da crônica, Mário de Andrade aconselha: "*Almoça-se no Brasil, janta-se no Amazonas.*"

Tudo fruto da "viagem grandota" que empreendeu à Amazônia, que propiciou um punhado de anotações esparsas, reunidas postumamente como título de *O turista aprendiz* (1976). Essa obra acaba por inspirar o admirável jornalista Miguel de Almeida que saiu de São Paulo para rever, anos mais tarde (de fevereiro a junho de 1982), o mesmo percurso de Mário de Andrade. E acabou publicando a obra *Trilha nos trópicos - Refazendo o turista aprendiz* em 1983, cuja 2ª edição saiu em 2009 (S. Paulo, Lazuli/Comp. Ed. Nacional, 2009), com um posfácio elucidativo de Márcio Souza, o afortunado autor de *Galvez, Imperador do Acre* (1976). O romancista expõe seu trabalho com o título "Tristes trópicos sociedade anônima." De início, portanto, a citação do livro desencantado de Claude Lévi-Strauss, Márcio Souza ironiza dois lugares-comuns sobre a Amazônia: seu distanciamento da modernidade e sua decadência após o ciclo extrativista da borracha.

Vai mais longe, ao reler *Trilhas nos trópicos*, vinte e cinco anos depois da primeira edição:

> Vinte e cinco anos depois daquela azáfama progressista, temos em sua brevidade uma terrível lição de consistência, porque abriu as portas para coisas piores, sem matizes ideológicos, enquanto a arraia miúda se submetia ao amargo das frustrações, do sacrifício e do senso de que algo não se completou, não se cumpriu. A Amazônia que está registrada em *Trilha nos trópicos* é mais uma vez vítima da modernidade. (ob. cit., p. 273).

A indignação do ficcionista não cessa ali. Mais adiante exprime a falácia dos remédios aplicados à região:

> Cada uma das fases da história regional mostra a modernidade das experiências que foram se sucedendo: agricultura capitalista de pequenos proprietários em 1760

> com o Marquês de Pombal, economia extrativista exportadora em 1890 com a borracha, e estrutura industrial eletroeletrônica em 1970 com a Zona Franca de Manaus. (ob. cit., p. 274)

E, especificando seu descontentamento, Márcio Souza aponta o isolamento em que ficou a Amazônia sob a pressão da publicidade internacional, associada aos negocistas nacionais:

> Afastando-se os entulhos promocionais, as falácias da publicidade e os *press-releases* dos interesses econômicos, nota-se que a Amazônia vem sendo mais de uma vez vítima, repetidamente abatida pelas simplificações, pela esterilização de suas lutas e neutralização das vozes regionais. (ob. cit., p. 274)

Indo mais longe nas suas especulações, Márcio Souza aponta a provável e futura posição de Chico Mendes, ante a sombra devastadora do chamado e aplaudido agronegócio:

> Estou convencido de que Chico Mendes, meditando sobre o caráter dessa sociedade, especialmente sobre a decadência do proprietário extrativista, desenvolveu as primeiras ideias sobre o projeto tático das reservas extrativistas. Era uma forma de mobilizar os seringueiros para a defesa da propriedade extrativista, já que os proprietários estavam enfraquecidos, postos à margem pelo modelo econômico agropecuário e especulador.
>
> Os proprietários extrativistas, entre eles os seringalistas, raramente se preocupavam com a terra. Eles

> controlavam a produção extrativa, financiavam a safra. Não eram exatamente senhores da terra, ou fazendeiros, mas apenas "dominadores" das áreas de matéria-prima como a castanha, a piaçava, a madeira, a batata, a sorva e a borracha. Era, por certo, uma classe com características rurais no trato das relações de trabalho, mas a sua criatividade estava na capacidade de dinamizar a produção extrativa. Essa classe estabeleceu o controle da terra, abrangendo grandes áreas produtivas. O seu controle dos meios de produção limitava-se, basicamente, ao controle das áreas extrativas, já que no relacionamento com a natureza o proprietário extrativista não avançava o seu controle, não havia a preocupação do cultivo, da pesquisa, e a mão-de-obra era apenas considerada força de trabalho. Essa característica especial do proprietário extrativista deu ao trabalhador da frente extrativista algumas peculiaridades que o fizeram, por exemplo, diferente do camponês do latifúndio nordestino, ainda que este tenha sido a matriz humana daquele. (ob. cit., p. 275-276).

Tantas citações ajudam a enfatizar o elemento telúrico que se desloca do conceito para as emoções, reais ou fantasiosas. Difícil dizer da Amazônia sem enfatizar os condicionamentos da natureza somados à sanha exploratória do homem, desenvolvida por agentes estrangeiros e nacionais. As guianas, de ocupações inglesas, francesas e holandesas, dizem respeito a velho projeto europeu de colonização. Com os olhos voltados para as diversificadas riquezas da Amazônia. O Império brasileiro teve de haver-se com insidiosa propaganda estadunidense a respeito daquela região. E a República, através de sua diplomacia, foi obrigada a submeter-se a arbitragem internacional danosa aos interesses brasileiros, no caso dos limites com a Guiana Inglesa. O governo republicano apelou para a competência e dedicação do então diplomata Joaquim Nabuco, político monarquista posto fora do poder, a fim de sustentar os limites propostos pelo Brasil, embora tenha sido frustrado graças ao tendencioso arbítrio do rei da Itália, Vitor Manoel III. Episódio que terá ferido o espírito de Joaquim Nabuco.

O que desejamos assinalar é tão-somente o peso da grandeza da Amazônia sobre a mentalidade que se defrontou com a sua grandeza. Gastão Cruls, por exemplo, intitulou seu romance *A Amazônia misteriosa* (1950). Alberto Rangel, amigo de Euclides da Cunha, denominou seu livro de contos *Inferno verde* (1908). Inglês de Sousa abraçou a linha naturalista do romance e nos deu *O missionário* (1891), obra a que se seguiram os *Contos amazônicos* (1893), entre os quais se encontram bons exemplos da ficção, mais interessantes do que o famoso romance. Dalcídio Jurandir, a quem chegamos a conhecer pessoalmente, dera, em 1940, *Chove nos campos de Cachoeira*. O ambiente inicial da narrativa de Dalcídio Jurandir foi a ilha de Marajó. O ciclo marajoara não se restringira a esse primeiro livro, que obteve o prêmio de romance, concedido pela revista Dom Casmurro, tendo sido publicado pela Ed. Vecchi e lançado em 1941. Tendo se transferido para o Rio de Janeiro, publicou, pela Ed. José Olympio, *Marajó* (1947). Jornalista ligado ao antigo Partido Comunista, foi escritor prolífico, tendo publicado, em 1960, o romance *Belém do Grão Pará*, ganhador de dois prêmios nacionais. Ao todo, Dalcídio Jurandir escreveu uma dezena de romances.

A ficção, cujo espaço diegético tem como apoio geográfico a Amazônia, torna-se quase sempre descritiva da natureza, dos usos e dos costumes. Tem profundo interesse documental, parece, muitas vezes, segmento da Geografia Humana, tendente a tematizar o drama do amazonense. Em outras circunstâncias, sobrenada simplesmente o anedótico ao lado do dramalhão.

Tive repetidos contatos com Peregrino Júnior, sempre homem polido e atencioso. Sempre me remetia suas publicações. Reli neste ano (2010) *A mata submersa e outras histórias da Amazônia* (Rio de Janeiro: Livraria José Olympio Editora, 1960), reunindo coletâneas anteriores, como *Puçanga*, *Matupá* e *Histórias da Amazônia* e contos inéditos então.

Há ali trabalhos da melhor qualidade. E trazem, muitos deles, aqueles *topos* da informação sócio-cultural, verdadeira interpretação do meio em que as personagens irão agir. Algo tão pormenorizado que certamente dará larga contribuição à história do cotidiano amazonense. Assim, no conto "Areia-gulosa" há um trecho em que o casal Josino-Florência tem de construir casa e meio de transporte, canoa (montaria, como se diz). Josino e Antônio chegam a uma fazenda a pedir trabalho. Só o primeiro era casado. A obtenção da casa leva tempo:

> Josino ficou mesmo na beira do igarapé, perto do cacaual. Cortou pau na mata e plantou seu rancho na barranca peluda, encostado às sapopemas tentaculares de uma musculosa sumaumeira de fronde crespa. Casa simplíssima: dois esteios enforquilhados; na forquilha, a cumeeira, a dez palmos do chão; os caibros, caindo oblíquos da cumeeira ao solo, diretamente; palhas e palmas

trançadas e amarradas num tecido apertado, para tapar a chuva e o vento. Depois, pedaços, toros finos de madeira, em forma de esteira, cobrem o chão, e são leito e assoalho. Defronte da palhoça, ao fim da vereda coleante, um tronco grosso de buriti, atolado no tijuco da barranca, é a ponte que leva ao "porto", onde a montaria dormirá de bubuia.

Pronta a barraca, foi pra Óbidos buscar a mulher.

– Vamos embora, Florência, que a casa está de pé. (ob. cit., p. 20).

A parte seguinte, descreve, em página inteira (p. 21), os dias levados por Josino para aprontar sua canoa. Não fora a extensão do episódio, seria de reproduzir a fim de que o leitor se aproprie das minudências exaustivas do trabalho. Curiosamente, o contista indica, em pé-de-página, a fonte de onde retirou os informes, como se tivesse a escrever um estudo: "V. Câmara, *Ensaio sobre construções navais indígenas no Brasil*, Rio, 1888." O conto tem o seu lado erótico, bem apropriado ao lado impositivo da dominação do superior sobre o dependente.

Também no conto "Carimbó" se retrata a condição comportamental de escravos das senzalas do Pará e do Amazonas, assim como de desertores e criminosos foragidos. O estilo é irônico: "*Os negros viviam sob um governo despótico, mas eletivo. Eles mesmos escolhiam entre si o ditador que iria governá-los.*" (*A mata submersa e outras histórias da Amazônia*, p. 37). Veja-se o trecho adiante:

– Ah! os regatões portugueses...

A grande válvula de escapamento dos mocambos eram eles. Na Amazônia, nos vastos desertos paludosos das

> florestas, naquele tempo como ainda hoje, não corre moeda: o comércio baseia-se na dupla troca das mercadorias. E os regatões – portugueses ou sírios – são os traficantes que levam em canoa, por todos os rios, paranás, furos e igapós, mercadorias que permutam pelos produtos da região. O governo, naqueles velhos tempos, a pretexto de defender dos seus tentáculos o tapuio fraco e ingênuo que eles exploravam e degradavam, perseguia-os com impostos proibitivos. Não obstante a carga pesada das taxas de então (175$ de imposto provincial, e 25$ de imposto municipal), só no município de Óbidos havia 23 canoas de regatões. Regatões duma avidez sem freios, que roubavam tudo: mercadorias e mulheres.

Também aí ocorre a indicação da fonte: "Tavares Bastos: *O vale do Amazonas*, Rio, Garnier, 1866."

Outro comportamento recorrente, nas relações amorosas e sexuais, é a prática de certa semi-prostituição, em que se somam a vontade e iniciativa da mulher à obtenção de pagamento ou vantagem financeira, sem gesto vingativo do companheiro-mantenedor. É o caso do conto "Feitiço" de Peregrino Júnior. Acrescente-se que, em muitas ficções do escritor norte-riograndense, nota-se o traço do conto moderno, sem os requisitos previstos pelas regras paradigmáticas do gênero. "Feitiço" é um bem exemplo. A coletânea de Peregrino Júnior contém ainda um "Glossário" elucidativo.

Das lembranças mais calorosas do grande rio da memória amazonense, não posso esquecer de alguns amigos. O poeta Thiago de Mello, por exemplo. Com ele estive em casa do artista Fernando Fiúza, que exibiu um documentário sobre o filho peruano, morto, do poeta. Um alegre e cativante jovem a cantar na língua *quet'hua*. Em 2009 lá se fora também o suave pintor e cartunista. Ficou-me a saudade de todos, e do interesse de Thiago de Melo em recompor sua coleção de volumes artesanais da editora Hipocampo, que mantivera com Geir Campos, mas a Polícia da ditadura brasileira destruíra. Não pude localizar os dois volumes perseguidos pelo Thiago de Mello: o de Emílio Moura e o de Henriqueta Lisboa.

Lembro-me que, de volta ao Brasil, depois de anos de exílio, frequentava eu, em Belo Horizonte, o consultório do médico Emílio Grinbaum, médico e escritor, animador cultural. À porta de entrada do consultório, devidamente emoldurado, viam-se *Os estatutos do homem*.

De *Amazonas, pátria da água*, ensaio crítico-poético, desejo destacar este pronunciamento do poeta Thiago de Mello:

> Iniciado há quatro séculos, o seu descobrimento ainda não terminou. E, no entanto, pelo que já se conhece da vida na Amazônia, desde que o homem a habita, ergue-se das funduras das suas águas e elos altos centros de sua selva um terrível temor: o de que essa vida esteja, devagarinho, tomando o rumo do fim. (*Mormaço na floresta*, Rio: Civilização Brasileira/Massao Ohno, 1981, p. 68).

Num dos parágrafos seguintes o tom denuncista e reivindicativo se acentua:

> A Amazônia já não é mais a região misteriosa de antigamente, um exótico celeiro de lendas. Não é a Manoa do Lago Dourado, nem o País das Amazonas. Também já não se trata apenas do paraíso, com a bem-aventurança da luz na poderosa quietude da selva. Nem do inferno,

> rubro do fogo das febres, de serpentes e peçonhas. Muito dela ainda está por ser descoberto. Mas de muito já se sabe. Dos recursos minerais do seu subsolo, que despontam cada dia maiores, em descobertas que se sucedem. O ouro do Tapajós, o ferro da Serra dos Carajás, a bauxita do Trombetas. São reservas calculadas em bilhões de toneladas. Que não venham elas a padecer o destino que foi dado ao nosso manganês da Serra do Navio, que há uma porção de anos está sendo levado todo, todinho, lá para as bandas poderosas da outra América, que não dispõe de reservas daquele minério e se garante o futuro com os estoques acumulados da riqueza do nosso subsolo.
>
> Se o subsolo se revela cada dia mais rico, sucede que o solo vem confirmando uma inquietante pobreza. E mais empobrecido se torna com a floresta derrubada. De muita ciência ainda se precisa para alcançar o conhecimento de técnicas que favoreçam o uso justo e adequado do solo. Mas não só de ciência. É de consciência a nossa precisão maior. É preciso ocupar a Amazônia para ajudá-la a viver, a fim de que ela possa ajudar melhor o homem, quero dizer, a humanidade. (ob. cit., p. 104-105).

Agora nos resta falar de autores mais recentes. Aníbal Beça, por exemplo, falecido no auge de sua produção (2010). Autor de obra abundante, dedicou a Jefferson Peres a *Ode adocicada para Manaus no paladar da paixão*, na qual situo um verso do porte de Fernando Pessoa, dado o seu conteúdo antropológico, num decassílabo perfeito: "*O tempo em minha aldeia nunca passa*". (*50 Poemas escolhidos pelo autor,* Rio de Janeiro: Edições Galo Branco, 2007). No poema para Serafim Corrêa, "Abaixo-assinado de amor a Manaus", entra no campo político mediante belo jogo de palavras:

Toda cidade se habita
Como lugar de viver
Só Manaus é diferente
pois em lugar de morar nela
ela que mora na gente.

Devo a João de Jesus Paes Loureiro a ventura de ter ido conhecer Belém do Pará. E muitas, muitas horas de encanto na leitura de sua obra poética. Além, é claro, de poder ler-lhe os ensaios, de cintilante apreensão do real imaginário. Falo da preciosa coletânea *A arte como encantaria da linguagem* (São Paulo: Escrituras, 2009, coleção Ensaios Transversais), na qual o destaque é "Amazônia: identidade, identificações" (ob. cit., cap. 6, p. 123). Paes Loureiro havia-se demorado nos estudos das conversões semióticas e, até, baseado em Arthur Dants, aventurou-se na passagem do banal para o artístico, na *transfiguração do banal,* como queria o seu mestre no título de sua obra. No capítulo em tela, de número 6, Paes Loureiro concentra-se no fenômeno da identidade, tentando levar adiante a possibilidade de compatibilizar identidade com mudança, segundo o princípio da "coincidentia opositorum". No caso da Amazônia apontam-se circunstâncias de tempo e espaço na fusão do conceito cultural, inclusive a "difusão de um passado não vivido", ou, para adotar a expressão de Arjum Appadursi, uma espécie de "nostalgia sem memória". Diz João de Jesus Paes Loureiro:

> A imaginação é para o caboclo amazônico o que a racionalidade é para o cidadão cosmopolitano. Ambas são mergulhos na profundidade das coisas. Esse gesto, me pergunto, não é mais um dos inumeráveis temas que a

complexidade ilusoriamente singela da vida amazônica estimula para quem quer ver além do olhar? (ob. cit., p. 131).

O passeio pela obra de João de Jesus Paes Loureiro me levou a Belém do Pará e à memória cultural de convivência com as obras altaneiras de Age de Carvalho (emigrado para a Europa) e Joaquim Francisco Coelho (radicado nos EEUU). Este último, além de inventivo poeta, aplaudido professor e ensaísta.

Que dizer, em se tratando da imagem do Amazonas fora do país, do inesquecível romance *A selva* (1930) do imigrante português Ferreira de Castro? A minha última recaída na leitura de *A selva* deu-se em maio de 2005, quando compus a banca examinadora que avaliou a tese de Élcio Lucas de Oliveira, *Amazônia – tempo e lugar: de onde falam Euclides da Cunha e Ferreira de Castro?*

Percebi que o romancista português forneceu caráter documental ao espaço e, na trama, com rara verossimilhança, retratou o infortúnio dos seringalistas na exploração da borracha. Registre-se aqui que o primeiro tradutor de *A selva* foi Richard A. Bergmann sobre quem escreveu Karl Heinz Deville na publicação *Vária Escrita*, nº 7, Sintra, 2000. Foi aquela tradução que abriu o mundo ao romance. Richard A. Bergmann, além de tradutor, por sua vez escreveu um trabalho sobre a Amazônia.

Quanto a Ferreira de Castro, já publicara, por volta de 1921, uma obra *Mas...*, reunindo estudos literários e sociológicos, além de novelas (Lisboa: Tip. Bento e Silva, 1921). Segundo o autor, "O Amazonas é um poema de sensualismo vegetal". (...) "A tapeçaria da minha arte é a tapeçaria poliforme do Amazonas."

Em 1922, sai *Carne faminta*, em que, esclarece Jaime Brasil, Ferreira de Castro evocou 'a energia da fome sexual na selva amazônica, tormento que se resolve no incesto'. A ousadia do tema provocou escândalo. Este poderia facilitar, num sentido, a fama do escritor; mas ele não o explorou. (cf. João Alves das Neves, Supl. Lit. de *O Estado de São Paulo*, 21/06/1974, p. 1: "O Brasil na vida e na obra de Ferreira de Castro").

Ferreira de Castro viria ao tema da Amazônia quarenta anos depois de *A selva*, com *O instinto supremo* (1968). Era especialmente grato a Humberto de Campos, cujo comovente depoimento sobre sua experiência no Amazonas é transcrito no posfácio de *A selva* (Rio: Tip. Pongetti, prefácio de Afrânio Peixoto).

Além de Ferreira de Castro, com seu lastro histórico, como não mencionar Abguar Bastos, ex-companheiro de lutas na União Brasileira de Escritores (UBE/SP) e ganhador do troféu Juca Pato "Intelectual do Ano" (1987) e autor do célebre romance *Safra* (1937) e de *Jurupari, o herói das sete florestas*.

Produziu Abguar Bastos estudos e narrativas. Autor de *Amazônia que ninguém sabe* (1931)[1], *Introdução à história social do Acre* (1959), *A conquista do Acre* (Introdução sociológica). Político e escritor, deixou vasta obra que necessita ser reunida e publicada conjuntamente.

Tive correspondência com Antísthenes Pinto e Salomão Larêdo, autor do romance *Vera* (Belém: Salomão Larêdo Editora) e dos contos de *Capitariguara e nas Conceição dos*

---

[1] Em sua 2ª edição, de 1934, sai com o título *Terra de Icamiaba* (Icamiaba: mulher guerreira, em tupi). (N. do E.)

Araguaia – encantamento amazônico com fotonovela paraense (Belém, Pará, 2000). E tornei-me leitor de Milton Hatoun, professor de clarividente exposição, autor de romances de sucesso. O primeiro que conheci foi *Dois irmãos* (2000), tendo, como pano de fundo, Manaus, os imigrantes e o eterno conflito dos dois irmãos (com quase o mesmo título, tivemos de Oswaldo França Júnior a novela *Os dois irmãos* de 1976, para não dizer do paradigma de todos, *Esaú e Jacó* de Machado de Assis, de 1904). Milton Hatoun se impôs à admiração nacional como ficcionista e também como ensaísta. Oswaldo França Júnior, aliás, aventurou-se no tema amazônico, produzindo, em 1989, o romance *De ouro e de Amazônia.* Do mesmo modo, Antônio Olinto publicou o romance *Sangue na floresta,* em 1992. Toda a obra de Oswaldo França Júnior foi objeto de instigante e lúcida análise no ensaio de Maria Angélica Guimarães Lopes *Voo certeiro – A novelística de Oswaldo França Júnior* (Rio: 7 Letras, 2010). Segundo ela, *De ouro e de Amazônia* é narrativa que integra o moderno ciclo amazônico do ouro.

No campo da poesia, muito me agrada a produção de Astrid Cabral, dileta amiga, viúva do poeta goiano Afonso Félix de Souza. Grande espírito, animadora cultural, torna-se Astrid Cabral referência quanto ao lirismo amazonense. Digna de referência especial no território do lirismo erótico e experimentalismo verbal, deve-se falar de Olga Savary que, entre tantos gêneros, se destacou na produção de haikais. Teve a sua obra poética reunida no volume *Repertório selvagem* (MultiMais Editorial/Universidade de Mogi das Cruzes/Fundação Biblioteca Nacional, Rio de Janeiro, 1998). Outro poeta de relevo, amigo, Aricy Curvello, retratou sua vivência na Amazônia no livro *Menos que os nomes do nada* (Ed. do Autor, São Paulo, 1998).

Por fim, falo de alguns escritores que desejo homenagear. O primeiro deles é Jorge Tufic, de larga atuação no Acre, no Amazonas e no Ceará. Registro, dele, *Os mitos da criação e outros poemas* (Rio: Civilização Brasileira, 1980). O poema "Anfion" é belíssimo. Tenho especial devoção pelo poema "Boléka, a onça invisível do Universo" – mitologia Desâna-Tukâno (S. Paulo: João Scortecci Editora, 1995). Forte e sedutora concepção, tão mencionável quanto a afortunada *Cobra Norato* (1931) de Raul Bopp, de quem recordo o verso do poema "Tapuia": *"Pararam no teu olhar as noites da Amazônia, mornas e imensas." Mornas e imensas,...* que achado! O grande Jorge Tufic ainda nos pôde contemplar com os sonetos do *Agendário de sombras*, de fina e desalentada melancolia.

Outra homenagem seja lançada ao amigo Pedro Vicente Costa Sobrinho, que viaja num quadrângulo que sai de Rio Branco a Natal, de Natal à cidade de São Paulo e de São Paulo a Belo Horizonte. E de BH ao Acre. É autor de uma obra de peso *Capital e trabalho na Amazônia ocidental* (São Paulo: Cortez; Rio Branco, AC: Universidade Federal do Acre, 1992). Trata-se de contribuição à história social e ao estudo das lutas sindicais no Acre.

Por fim, incluo no rol das homenagens o paraense Nicodemos Sena, companheiro da UBE/SP, romancista de fôlego, autor do incomparável *A espera do nunca mais – Uma saga amazônica* (Belém, Ed. Cejup, 1999). De Nicodemos Sena deve-se ainda atentar, muito, na obra *A noite é dos pássaros* (Belém, Ed. Cejup, 2003), romance de engenhosa concepção, aclimatado no século XVIII, com emprego de palavras e expressões tupis. Mas o forte da narrativa é o estilo, irônico às vezes, outras vezes parodístico, mas sempre divertido, de muito bom gosto. A consciência de um alentejano a ser deglutido num ritual antropofágico.

A fim de conferir realismo aos capítulos de *A noite é dos pássaros,* Nicodemos Sena agrega ao romance uma lista de "Autores Consultados". O objetivo, certamente, é dar crédito ao volume de informações de que o relato está pleno. A ambientação amazônica não é tudo. A parte mais fascinante é a deslizante linguagem ficcional, culta, singela, imaginosa, de agradável leitura.

Para completar esta comprida apresentação, revelo que guardo comigo, como relíquia, o catálogo da exposição de 2 de dezembro de 1969, "Amazônia Brasileira", patrocinada pela Biblioteca Nacional do Rio de Janeiro, sob a direção de Adonias Aguiar Filho. E revelo que leio sempre, com proveito e, às vezes com olho crítico, os variados ensaios constantes da revista *Estudos Avançados* da USP (Universidade de São Paulo), números 53 e 54, cujos dossiês são dedicados à Amazônia brasileira. Um manancial de questões regionais e nacionais. A nossa Constituição de 5 de outubro de 1988, ao incluir a floresta amazônica brasileira no patrimônio nacional, no Capítulo VI do Título VIII, tornou-se um dos mais avançados dispositivos ambientalistas do mundo, na esfera do uso dos recursos naturais. A fim de não se tornar mais uma declaração de boas intenções, é de esperar-se que o governo e a sociedade ajam de conformidade com o espírito da lei e não se rendam às aspirações tão somente lucrativas dos saqueadores, contrabandistas e devastadores da natureza.

FÁBIO LUCAS
São Paulo, janeiro de 2012

CAPÍTULO I

Olhares cobiçosos: Navegação, Borracha, Pesca, Madeira, Biodiversidade, Gado, Soja (Capítulos da Brasilidade e a cobiça pela Amazônia)

1. DINÂMICA CONSTITUTIVA DA IDENTIDADE: O PLURALISMO CULTURAL

Velhos temas da identidade brasileira retornaram à consciência de nossos pensadores naquele momento especial de celebrações dos 500 anos da conquista do espaço hoje denominado Brasil, pela expedição portuguesa comandada por Pedro Álvares Cabral. Processo que se prolongou com o alargamento das fronteiras e com a diversidade da exploração econômica.

Permanece ainda o jogo da dualidade cultural em que se foram moldando as características de nosso povo. De um lado, o tropismo pelos valores da sociedade dominante, de que herdamos grande parte dos sinais distintivos, inclusive a língua, subconjunto do Latim, adaptado às circunstâncias locais e às combinações com outros idiomas. O que permite filiarmo-nos à Civilização Ocidental.

De outro lado, a gênese de um sentimento autóctone, a envolver colonizadores e colonizados, unidos agora na mesma configuração de uma perspectiva "nacional". Ou seja, consumada por princípios que se definam pelo nascimento, o que soma a filiação genética à ocupação territorial.

Importa enumerar, sumariamente, as contribuições variadas que se mesclam no cadinho da formação brasileira. Recordemos que os portugueses, que impuseram a sua hegemonia cultural sobre as demais aqui existentes ou transplantadas, já guardavam em si o sistema da diversidade, pois se fundamentavam numa tradição que soma herança greco-romana com as contribuições árabes e judaicas. Além do mais, à época da chegada à América, os portugueses já tinham explorado a África e a Ásia, tornando-se o povo mais cosmopolita da Europa. Lembre-se que grandes personalidades da cultura lusitana foram mestiços: Camões, Anchieta e o Marquês de Pombal. Daí a observação de Gilberto Freyre:

> Mestiços, três das maiores figuras do imperialismo português. É que não só a cultura – de modo geral – como o próprio imperialismo – de modo particular – do português, foi um imperialismo como que antropocêntrico e não etnocêntrico como o antigo imperialismo inglês, como até ontem o imperialismo norte-americano, como hoje o imperialismo alemão, o italiano, o japonês. (*Uma cultura ameaçada: a luso-brasileira*. Recife, Gabinete Português de Leitura de Pernambuco,1980, 3ª ed.; data da 1ª versão, em conferência:1940).

Aliás, o pensador pernambucano ainda comentaria na mesma obra:

> Pois a glória intelectual dos portugueses não se resume em Camões e n'*Os lusíadas*; estende-se à participação portuguesa na cultura hispânica; na cultura de toda a península. E convém não esquecer os valores orientais e africanos de que a Europa se enriqueceu por intermédio português e da sua capacidade de assimilação dos valores de cultura exóticos; por intermédio do seu poder de harmonizar a personalidade nacional com a sua vocação ecumênica, com a sua atividade talássica, com o seu universalismo essencialmente cristão. (ob. cit., pp. 62-63).

Fernão Lopes já caracterizava os lisboetas como "gentes de muitas naturezas" que "levantaram entre si desvairadas opiniões e alvoroços".[2]

Essa pluralidade étnica e essa universalidade cultural foram trazidas paulatinamente à colônia. Dado o caráter da exploração física e humana do espaço brasileiro, os portugueses foram escravizando índios e negros e, dadas as circunstâncias, se misturaram a eles.

Os índios não constituem uma unidade cultural, pois, do Amazonas ao Prata, se verifica uma enorme diversidade de línguas e costumes. O padre Antônio Vieira, referindo-se à Amazônia, designa-a como uma babel, tamanho o número de línguas faladas naquela região. Os jesuítas, primeiro grupo organizado a se entregar à empresa da colonização espiritual, tentaram até, por intermédio da "língua geral" (o *nheengatu*, língua boa, em tupi), uniformizar os meios de comunicação, embora saibamos quanto é difícil suplantar hábitos seculares de prática comunitária.

Também os negros não podem ser catalogados como unidade cultural, pois vieram de diferentes regiões e trouxeram consigo, do leito materno, usos, linguagens e costumes diversificados. Até mesmo influências muçulmanas e hindus aqui chegaram com os escravos.

Concebido que a cristalização do uso da língua portuguesa e as primeiras manifestações de identidade cultural se tenham desenvolvido no século XVIII, temos que acrescentar contributos deixados no Brasil pelos holandeses, especialmente no século XVII, em Pernambuco. No século XIX, com a política de imigração, aportaram aqui novos

---

[2] Crônica de D. João, 1ª Parte, p. 53.

contingentes culturais, que se foram mesclando à nossa tradição trissecular, em processo dinâmico e renovador da cultura brasileira. H. Hauser informa que, de 1820 a 1930, o Brasil recebera 4 milhões de imigrantes, dos quais 42% ibéricos (30% de portugueses e 12,2% de espanhóis).

Todo esse breve histórico tem por fim enfatizar o pluralismo cultural brasileiro e a singularidade que o distingue: a miscigenação e o peso dos fatores hereditários, a que se agregam, de empréstimo, fenômenos religiosos e morais. Aspectos esses desenvolvidos no pensamento de Gilberto Freyre e explorados ficcionalmente na obra de Jorge Amado. Tudo isso compõe o modo de ser do brasileiro e seu sistema de agir e de estruturar instituições e juízos de valor. Daí a sua fisionomia cultural.

A originalidade do caso brasileiro consiste na prematura formação de um caráter de brasilidade; que se pode considerar difuso, embora patente e irreversível.

Não tivemos um distanciamento tal que, prolongado, constituísse uma união mística do povo em torno de sua identidade. Tal perspectiva pertence aos povos batidos pelo tempo e/ou pelas adversidades; e/ou pelos empreendimentos grandiosos de conquista. Não. O nacionalismo brasileiro é de composição recente e tem alcance mais pragmático e emotivo do que desinteressado ou fundamentado em causas espirituais.

Dadas as instituições existentes, as ocasionais lideranças tiveram cunho mais personalista e regionalista, de escasso apoio na opinião pública. Inseriram-se na complicada rede de ajustes de poder, no vasto sistema de conciliações em que se concretizaram os mandonismos locais, como parcelas da soberania nacional.

No fundo, ainda perduram no inconsciente coletivo brasileiro um sentimento resmungão, produto do poderoso genocídio contra índios e negros que os portugueses e a classe dominante do Brasil perpetraram ao longo dos tempos. No segundo século de nossa colonização já se falava no extermínio de 4 milhões de indígenas, o que não é pouco. E ainda hoje a nação não se curou da escravatura, nódoa que mancha o nosso passado e lança efeitos sobre a vida contemporânea. Então, como nos orgulharmos do passado e reverenciarmos os ancestrais, senão por uma transferência de efeitos nostálgicos ou avaliação generosa do fator nativista? Não dispomos de uma comunhão de riscos corridos em comum, de perigos enfrentados ou de lembranças benfazejas de grandes feitos empreendidos conjuntamente.

Os fatores positivos que nos movem indicam-se no caldeamento de que somos o resultado e em alguns aspectos já reconhecidos pelos estudiosos. Euclides da Cunha, por exemplo, refere-se à sociedade "proteiforme" ao mencionar aquela a que se moldou o Príncipe Regente.

A coabitação no mesmo território de diferentes etnias, em processo de sedimentação biológica e social, opera mudanças sensíveis de mentalidade. É fácil, no Brasil, percorrer idades culturais que remontam do homem natural até o mais recente internauta eletrônico, sem que o caráter de brasilidade seja afetado.

Sob esse aspecto, trata-se de uma conquista cultural, desde que afinemos o conceito de cultura à noção expendida por Humboldt, a indicar que os homens souberam elevar-se acima das simples considerações de utilidade social e empreenderam o estudo desinteressado das ciências e das artes.

Tivemos heranças malsinadas até hoje: a continuidade do Estado Mercantilista no processo de nossa independência, conforme aponta Jorge Caldeira, lamentando ter o país perdido a oportunidade de ingressar, no início do século XIX, no processo capitalista de produção; o predomínio do latifúndio, já delineado na era das capitanias hereditárias e não atacado em nossa primeira Constituição, a despeito das sugestões contidas em trabalhos de José Bonifácio; também, no período imperial, latifúndio e escravidão se confundiram, conforme muito bem notou Rui Barbosa, ao defender o projeto Dantas; até hoje o poder fundiário se alia ao capital estrangeiro e à indústria brasileira para compor a base do poder e não impele, antes atrasa uma solução justa para o problema da terra no Brasil.

Não obstante o prolongamento da casa de Bragança no poder, durante mais de meio século, o Império, com o seu centralismo, deixou de positivo contrapor-se à fragmentação do país em províncias e ao caudilhismo de fundo militar. Com isto, cooperou, de certa forma, no esforço de unificação nacional.

Mesmo a ditadura Vargas, de graves consequências para o retardamento da consciência democrática em nosso país, estimulando um processo de industrialização sem aperfeiçoamento político, deixou, como resíduo, um gigantesco esforço de delineamento da nacionalidade, batendo-se pela unidade territorial e linguística do Brasil.

2. UM EXEMPLO: EDUARDO NOGUEIRA ANGELIM

"e, ao descobrir, no meio da mata, um angelim que atirara para cima cinquenta metros de tronco e fronde, quem não terá ímpeto de criar um vocativo absurdo e bradá-lo – Ó colossalidade! – na direção da altura".

João Guimarães Rosa
conto "Marcos" de *Sagarana*

Passemos a ilustrar, na primeira fase de consolidação de nossa independência, com episódios significativos, a eclosão da brasilidade durante o período imperial. O mote é a defesa do Amazonas e o exemplo será de Eduardo Nogueira Angelim, que nos inspira a evocação poética de Guimarães Rosa.

Convém lembrar que Portugal teve uma política exemplar no sentido de resguardar a região amazônica da ambição internacional. Incapaz de ocupar todo o território e de explorá-lo inteiramente, tudo fez para que ficasse distante dos outros povos, ocultando suas riquezas e vedando a sua exposição à navegação fluvial. Assim, Portugal fechou o Amazonas aos estrangeiros.

Após a Independência do Brasil, logo se instalaram ali os agentes consulares, da França, da Inglaterra e dos Estados Unidos. Conforme assinala Arthur Cezar Ferreira Reis, "A atenção sobre o Amazonas, evidentemente, estava iniciada. E nos Estados Unidos tomou corpo, à alegação de que o Brasil cometia um tremendo crime contra os interesses da humanidade como a política chinesa, denominação que se deu à nossa atitude, da porta fechada aos barcos estrangeiros, que vinham trazer civilização e não pôr em perigo a soberania nacional." (*A Amazônia e a cobiça inter-nacional,* Rio, Record,1968, 3ª ed., pp. 64-65).

Os anseios da nacionalidade ficaram gravados nas obras de nossos românticos, especialmente nos escritos do primeiro deles, Gonçalves de Magalhães. Mas, na luta do cotidiano, naquela fase conturbada de fixação dos rumos do país, recém-libertado do jugo colonial, em meio a várias manifestações rebeldes e agitações sociais, uma das múltiplas revoltas abafadas pelo governo central ainda não dispôs de pesquisa aprofundada: a Cabanagem. Mesmo obras de vulto, que compendiaram a História do Brasil, omitem o acontecimento, ou simplesmente o registram com informações sumárias.

As principais fontes sobre o episódio, transcorrido de 1835 a 1840, com um saldo provável de 40 mil mortos, especialmente em Belém do Pará e arredores, provêm dos escritos de Domingos Rayol (filho de um vereador executado pela Cabanagem, em Vigia) e Antônio Ladislau Monteiro Baena, militar português. Ambas as versões estão impregnadas de visão oficial. Domingos Rayol trata da Cabanagem em *Motins políticos*. Arthur Cezar Ferreira Reis o faz na obra acima citada e em *A Amazônia que os portugueses revelaram* (Rio, MEC, s/d; prefácio de 1956). E Benedicto Monteiro, conhecido ficcionista paraense, trata da Cabanagem em *Estudos Regionais – o Estado do Pará,* obra de cunho didático.[3]

---

[3] Ver também *Cabanagem: o povo no poder* (S.Paulo:Brasiliense, 1984) de Júlio José Chiavenato. (N. do A.)

O Pará dispunha de contato direto com Portugal. Na época, tornava-se mais fácil dialogar e comercializar com Lisboa que com o Rio de Janeiro. Daí ter sido o Pará a última província a aderir à proclamação da Independência (15 de agosto de 1823). Regia-se ainda pelas leis portuguesas.

A Cabanagem constituiu movimento popular, organizado e dirigido por gente humilde, caboclos, tapuios, crioulos, libertos, indígenas e mestiços, enfim, a camada pobre e desprezada pelos dirigentes. Os líderes eram pequenos lavradores, meeiros ou foreiros de fazendeiros, estes proprietários de grandes áreas. Teve um caráter libertário e nativista. Motivou-se pelo tratamento discricionário, espoliador e cruel dispensado pelas classes abastadas à população trabalhadora. A camada popular mais esclarecida eram os padres, recrutados nas classes populares e formados no Seminário de Belém. Integraram o movimento os irmãos Aranha (João Miguel Aranha foi dos principais articuladores do movimento, ajudado pelo irmão 1º Tenente Germano Máximo de Sousa Aranha), o frei Francisco Luís Zagalo, o jornalista Lavor Papagaio e os irmãos Vinagre.

O cônego Batista Campos se notabilizou pela campanha em favor da independência do Brasil e do Pará. Interpretou as aspirações populares contra a opressão dos poderosos. Por isso, perseguido, fugiu para as matas de Acará, ameaçado de prisão. Sua morte a 31 de dezembro de 1834, em Barcarena, catalisou as lideranças da Cabanagem. A revolta se propagou por todas as localidades da Província, contra as autoridades nomeadas para o governo e os desmandos do Presidente Bernardo Lobo de Sousa e do Coronel José Joaquim da Silva Santiago, seu assistente militar.

O primeiro ato revolucionário deu-se em 1835: a multidão, comandada pelos irmãos Vinagre, marchara sobre Belém, que caiu em poder dos revoltosos a 7 de janeiro. Quem eram os cabanos? Caboclos que viviam ao longo dos rios, nos sítios, pontos de pesca e nas fazendas de cacau, acossados pela necessidade e jamais contemplados pelos poderosos.

A cidade fora recuperada pelos agentes do governo, mas voltou às mãos dos revoltosos em 23 de agosto, pela terceira vez, agora sob o comando de um seringueiro cearense, de 21 anos, Eduardo Nogueira Angelim, o Presidente mais novo da Província. O jovem revolucionário, ao que se supõe, teria sido influenciado pela esposa, Luiza Clara que, por sua vez, recebera ideias de um francês. Tornou-se ela símbolo da participação da mulher na luta política. Organizou e orientou as mulheres no apoio aos cabanos. Seu marido fora ajudado pelo irmão, Geraldo Nogueira, o Gavião. Os cabanos, no poder, chegaram a declarar "que não receberiam no Pará presidente algum que a Regência nomeasse, e que essa resolução permaneceria até enquanto o Príncipe Herdeiro não chegasse à maioridade para tomar as rédeas do governo imperial."

Nessa ocasião é que ocorreu o episódio ilustrativo deste estudo. Na costa de Salinas, no litoral da Província, o navio inglês *Clio*, que trazia, consignado à firma britânica Campbell, da praça de Belém, armamento encomendado pelo Presidente Lobo de Sousa, fora saqueado. Consta que o comandante Sir George Cokbler havia entrado em entendimento com um norteamericano, John Priest, a fim de localizar pessoal hábil a levar a embarcação até Belém. Suspeita-se que, por manobra deste, grupos locais apoderaram-se do barco, matando a guarnição. Era outubro de 1835.

A 17 de março de 1836, três belonaves britânicas fundearam na baía de Guajará. Dirigindo-se a Angelim, o capitão B. Strong disse-lhe estar ali "para exigir de qualquer que esteja comandando em chefe esta província, que se dê busca imediata e se instaure processo a fim de serem castigadas todas as pessoas que cooperaram para tão atroz ato, ou de qualquer maneira tiveram parte nele, seja por assistir ao roubo, seja por ter recebido a propriedade roubada depois de encalhada a embarcação, e assassinado o mestre e sua equipagem. E demais sou ordenado a exigir de qualquer que esteja no governo uma asseveração de que o seu governo indenizará aos donos do *Clio* pela perda de sua embarcação e carga". "O crime" – continua o capitão Strong – "pelo qual venho exigir satisfação, assassínio e piratagem, todas as nações são obrigadas por dever a impedir, castigando os perpetradores com a maior severidade, depois de descobertos. Mas a Inglaterra com especialidade sobre todas as nações, possuindo uma poderosa marinha, nunca consentirá que os seus navios mercantes sejam por qualquer povo molestados, quando se achem navegando os mares para fins pacíficos e legais. Estou certo de que este bárbaro ato foi cometido sem o seu conhecimento, e que servirá de toda a sua autoridade para que sejam processados e castigados os delinquentes, provado que seja crime."

"Também sou obrigado a exigir" – arremata o documento – "para desagravo da bandeira inglesa ofendida e desrespeitada, que esta seja arvorada em todas as fortalezas da cidade, estando por baixo a brasileira; que seja cumprimentada com uma salva de vinte e um tiros, e que os criminosos sejam entregues ao governo inglês. Enfim, tenho a informar-lhes que a força do meu comando nada tem a favor ou contra a infeliz dissensão que presentemente existe nesta província, mas vem somente exigir justiça contra os monstros de Salinas, que vilmente assassinaram os meus patrícios encalhando a embarcação e roubando a carga. Tenho a honra de ser, Senhor, o seu mais obediente criado."

O texto acima é transcrito da obra de Arthur Cezar Ferreira Reis *A Amazônia e a cobiça internacional*. O autor, louvando-se nos *Motins políticos* de Domingos Antônio Rayol, reproduz as palavras deste, que incluem a admirável resposta de Angelim à prepotente autoridade inglesa:

> Eduardo Angelim, sem perda de tempo, mandou traduzir o ofício em português; ouviu as pessoas com quem costumava aconselhar-se em negócios mais graves; vem minutar a resposta que devia dar; reuniu em conselho os seus principais auxiliares; comunicou-lhes a ocorrência, e, de comum acordo, resolveu escusar-se de fazer a saudação à bandeira inglesa e de entregar os criminosos sem prévia ordem do governo imperial, garantindo todavia não só a punição dos mesmos conforme as leis do país, como a indenização dos roubos cometidos em Salinas. No dia seguinte assim respondeu ao comissário inglês:
>
> "Ilmo. Sr. Foi-me presente o ofício de V.S. datado de 17 do corrente, e sobre o seu conteúdo passo a responder: Que relativamente àquele desastroso acontecimento das Salinas, nem eu nem pessoa alguma desta capital, teve parte nele, porque tudo foi operado por alguns mal intencionados daquele lugar; contudo, sendo do meu dever rigoroso proceder contra atentados de semelhante natureza, já tinha ordenado ao respectivo juiz de paz para processar os compreendidos nessa horrorosa catástrofe, a fim de serem punidos na forma da lei, o que até agora se não tem verificado pela razão dos choques há pouco sucedidos na Vigia e em outros lugares para baixo, místicos àquele; mas posso asseverar a V.S. que de novo vou empregar diligência para a captura daqueles delinquentes

que devem sofrer todo o rigor que as leis ordenam a tal respeito, e que jamais os entregarei ao governo inglês sem ordem do governo do Rio de Janeiro, quando o país tem leis para punir os criminosos; e que igualmente não sujeitarei a bandeira da minha nação à humilhação exigida, sem ordem da corte. Quanto à segunda parte do conteúdo do mesmo ofício, exigindo saber se o governo indenizará aos donos do *Clio*, pela perda desta embarcação e sua carga cumpre-me dizer-lhe que o governo central é obrigado a ordenar esta indenização por conta da nação, uma vez que o Pará não está desmembrado da integridade do Império; no caso, porém, de circunstâncias poderosas assim não o permitirem, então posso certificar a V.S. que esta província tomará sobre si a dita indenização. Não é estranha aos paraenses – conclui Angelim, com certa ironia – a amizade que a nação inglesa lhes consagra, acrescendo ainda mais as boas maneiras com que V.S. advoga uma causa tão justa neste porto, o que é mais uma prova evidente de caráter da honrosa nação que V.S. representa; Deus guarde a V.S."

O caso de Eduardo Nogueira Angelim, portanto, serve-nos de exemplo para concluir que o ânimo nativista impregnava brasileiros de todos os quadrantes e fundamentava a consciência coletiva da nacionalidade. A carta de Angelim é conclusiva. A despeito de chefiar um movimento contra a autoridade imperial, soube defender o princípio da integridade do país. E recusou acenos de secessão feitos, segundo consta, por duas potências: Inglaterra e Estados Unidos. Preferiu ser um militante da unidade nacional.

3. A VISÃO DO EMBAIXADOR

Valendo-nos da mesma fonte que nos levou à personalidade de Eduardo Nogueira Angelim, a obra *A Amazônia e a cobiça internacional* de Arthur Cezar Ferreira Reis, falemos da lúcida atividade do Ministério dos Negócios Estrangeiros durante o período Imperial.

É que se alastrou nos Estados Unidos a ideia de que o Brasil cometia crime contra a humanidade em face da política de portas fechadas à navegação internacional no Amazonas. Dirigiu a campanha de abertura de nossas fronteiras à navegação estadunidense o tenente Mattew Fontaine Maury, superintendente dos serviços hidráulicos de seu país e astrônomo do Observatório Naval de Washington. O início de seu trabalho deu-se em 1850, indo de proclamações nos jornais a convênios de partidos e reuniões de empresários. Culminou na publicação do livro *The Amazon River and Atlantic Slopes of South America*, lançado em 1853. Maury sustentava que as comunicações entre o Pará e New York eram mais fáceis e curtas do que entre o Pará e o Rio de Janeiro. Daí ser mais fácil governar as regiões banhadas pelo Amazonas de Washington do que da Capital do Império do Brasil.

O embaixador brasileiro em Washington era Sérgio Teixeira Macedo, que logo sentiu o interesse dos Estados Unidos pela área amazônica. O tenente Maury interpretava a opinião de que o Sul da América deveria ser uma dependência do Norte.

Sérgio Teixeira de Macedo, então, dirigiu-se ao Ministro dos Negócios Estrangeiros, Soares de Sousa, em informe reservado de 14 de novembro de 1850. O documento é rico de lições. Aponta, com discernimento e agudeza, os perigos a que se expunha o Brasil, analisando as diferentes hipóteses que se abriam à nossa diplomacia. Por exemplo, chegou a mencionar a abertura da navegação do Amazonas por 9 anos (ou qualquer outro prazo), findo o qual o governo imperial poderia fechar de novo o rio. Ou que a navegação se abrisse a todos durante um século (ou qualquer outro prazo), reconhecendo-se não haver outro domínio sobre a região que o do Brasil.

Em determinado momento, chega a ponderar:

> Em matéria de alianças e proteções estrangeiras, tanto em relação aos governos, como aos povos, nosso fado tem sido o oposto ao dos Estados Unidos. Estes começaram por ter o apoio e valiosos auxílios de duas grandes Monarquias da Europa em sua luta contra a Inglaterra. Têm sido depois ingratos e duros para com ambas, e hoje excita o ódio de todos os governos europeus, ao mesmo tempo que a admiração e as simpatias dos povos. (ob. cit.,p.73).

Há, a seguir, um retrato profético do que seja a dominação anglo-americana sobre o planeta:

> O anglo-americano se acha inteiramente convencido de que ele tem de regenerar o mundo todo, dar nova forma de governo a toda a sociedade humana, e dominar por sua influência todas as partes do mundo, de que ele ocupa hoje o centro, em razão de sua posição, que domina os dois grandes oceanos, o golfo do México e o mar das Antilhas. Já pois sua ambição se não limita a possuir uma terra compacta e extensa, mas trata de ocupar e senhoriar-

se de todos os pontos do globo, que possam oferecer vantagens à sua força marítima. (ob. cit., p. 80).

Fala das sucessivas usurpações que o governo francês exerceu em várias regiões do planeta, bem como da ação dos ingleses, igualmente torpe e interesseira, citando os exemplos da China, do Panamá, da Nicarágua, etc. Chega a ponderar, com certa ironia:

> Creio, pois, que os meios, de que o governo inglês pode lançar mão contra nossa fraqueza e nosso isolamento, são grandes e eficazes. Não me lisonjeio de os prever todos: a imaginação dos estadistas britânicos é mais fértil do que a minha (...) (ob. cit., p.76).

E acrescenta o ponto nodal de seu relatório:

> Quaisquer, porém, que sejam as vantagens do governo britânico, não têm eles comparação com as dos norte-americanos quando se trata de usurpações de territórios ou senhorios quaisquer dentro da América.

Passa, então, a historiar o modo de conquista dos Estados Unidos, exemplificando:

> Foi assim que se verificou a conquista do Texas e da Califórnia e se está verificando neste momento a de Panamá. (ob. cit.,p.78).

Referindo-se aos nossos vizinhos, Bolívia, Peru, Equador, Colômbia e Venezuela, não deixa de observar:

> O dedo americano andava em toda a política daquelas repúblicas. (ob. cit., p.87).

Mas revela a vitória da diplomacia brasileira, que soube tratar do assunto com proveito para a nação. "A história dessa atividade", diz, "está por escrever-se. Constitui um capítulo magnífico da capacidade, da habilidade, da altivez e da segurança por que os homens públicos do país, na conjuntura, souberam ver o problema, defendendo o que lhes parecia mais conveniente ao Império e fazendo cessar os perigos que surgiam tão frequente e velozmente." (ob. cit., p.87). E fornece uma informação de grande valia na época, e que ainda hoje ecoa, dada a nova política internacional, globalista e neoliberal: "Em mensagem ao legislativo, o presidente da República norte-americana referiu-se ao Amazonas que, em seu entender 'se fosse aberta à indústria do mundo ali se achariam fundos inexauríveis de riqueza.'" (ob. cit., p. 87).

José Antônio Soares de Sousa, futuro Visconde do Uruguai, pronunciou-se a respeito das relações exteriores no Conselho de Estado e, em 17 de janeiro de 1854, apresentou longo memorial sobre o Amazonas, contestando proposta do ministro estadunidense acreditado junto ao governo imperial, Mr. W. Trousdale, que propunha a abertura do Amazonas à navegação mundial.

O memorial, aplaudido por D. Pedro II, serviu à resposta que o então Ministro dos Estrangeiros, Antônio Paulino Limpo de Abreu, dirigiu a Mr. Trousdale a 13 de setembro de 1854: um rotundo "não" do Brasil.

Vê-se, portanto, que Sérgio Teixeira de Macedo e José Antônio Soares de Sousa souberam defender com bravura o ponto de vista brasileiro, diante da arrogância e prepotência das nações desenvolvidas. Mostraram deter uma visão correta da situação presente e futura do Brasil quanto à questão amazônica.

4. ASPECTOS CONTEMPORÂNEOS: A BIODIVERSIDADE

A região amazônica esteve exposta a vários tipos de exploração, quase sempre de natureza predatória. Como, ademais, o resto do país. Ficou célebre o ciclo econômico da borracha, sobre o qual existe copiosa bibliografia. Mesmo a literatura se apropriou da temática. Conhecem-se outras atividades extrativas, o comércio das madeiras, a pesca e a criação de gado.

No que diz respeito à pesca, existe notável estudo de Violeta Refkalefsky Loureiro, *Os parceiros do mar – natureza e conflito social na pesca da Amazônia* (Belém, CNPq/Museu Paraense Emílio Goeldi, 1985), que assinala não apenas os aspectos negativos da pesca artesanal, mas, principalmente, a gigantesca predação da natureza pela pesca industrial. A obra é igualmente um libelo contra o capital especulativo, que envolve a população dedicada à atividade pesqueira. É que a autora, engenhosamente, introduz em seu trabalho a questão social que a atividade da pesca levanta.

Dois documentos aparentemente desencontrados em sua origem e natureza, introduzem uma noção contemporânea dos problemas relacionados com a Amazônia. O primeiro tem por título *Biodiversidade – a segurança da terra viva*, v. 2, texto de Fernando Antônio Lyrio Silva e adaptação de Angélica Monteiro e Guaraciaba Barros Amaral (Brasília, Instituto Teotônio Vilela, 1999). Ministra ensinamentos sobre a biodiversidade e ajuda o leitor a avaliar a importância planetária da Amazônia.

O segundo, *Roraima no centro da internacionalizacão da*

Amazônia (Rio, Movimento de Solidariedade Ibero-americana-MSIa, nov. 1999), de cunho mais polêmico, chama atenção, de modo especial, para a trama anglo-americana no sentido de internacionalizar as riquezas concentradas na Amazônia, especialmente em Roraima.

O documento do Instituto Teotônio Vilela baseia-se na Convenção das Nações Unidas sobre a Diversidade Biológica (CDB), resultado da ECO-92, Conferência das Nações Unidas sobre Meio Ambiente e Desenvolvimento realizada no Rio de Janeiro em 1992.

A Convenção define diversidade biológica como a variedade de organismos vivos de todas as origens, compreendendo os ecossistemas terrestres, marinhos e outros ecossistemas aquáticos e os complexos ecológicos de que fazem parte, bem como a diversidade de genes, espécies e ecossistemas.

A ECO-92 gerou situação desconfortável para os países ricos, especialmente os EEUU, empenhados em defender as grandes corporações privadas das indústrias farmacêuticas e de biotecnologia. Por isso, os EEUU se recusaram inicialmente a assinar a Convenção da Biodiversidade. Depois, acabaram aderindo, deixando explícita sua posição a favor das corporações privadas.

O documento do Instituto Teotônio Vilela pontua, com inteira razão:

> O valor da biodiversidade não se restringe somente aos alimentos, medicamentos e produtos industriais dela derivados e não pode ser medido simplesmente pelos critérios econômicos tradicionais. O potencial da biodiversidade do planeta é ainda inestimado e pouco conhecido. Descobertas baseadas nesse potencial têm

revolucionado a agricultura e a indústria farmacêutica. Por isso, *os recursos biológicos, somados aos conhecimentos ancestrais das comunidades tradicionais, representam, especialmente para o Brasil, elemento estratégico de segurança nacional.* (grifo acrescentado).

Apesar desse potencial – insiste o documento –, os sistemas de proteção ao conhecimento até hoje conhecidos – patentes, direitos autorais, certificados de inventor, cultivares – têm-se revelado inapropriados para o caso de recursos genéticos e conhecimentos associados, o que exige a adoção de um sistema *sui generis* para a proteção desses recursos e conhecimentos.

Daí se conclui que o Brasil pode ser considerado um *megadiverso*, expressão usada para designar as nações com maior número de espécies presentes em seus territórios: estima-se encontrar aqui entre 10 a 25% das espécies existentes no planeta. As decisões do CDB favoreceram o nosso país, pois, anteriormente, esses recursos eram considerados patrimônio comum da humanidade.

Em razão disso, temos sido vítimas da *biopirataria*, que consiste na violação a direitos de propriedade material e intelectual sobre recursos biológicos e genéticos e sobre o conhecimento tradicional das comunidades envolvidas.

Foi criada, em 1997, na Câmara dos Deputados, a Comissão da Biopirataria na Amazônia, cujo relatório destaca os seguintes fatos:

- Coleta não autorizada de plantas, animais e microrganismos;
- Coleta de sangue de membros de comunidades indígenas para compor bancos de DNA;

• Venda, no exterior, de plantas medicinais e de conhecimentos tradicionais de comunidades indígenas;

• Patenteamento, no exterior, de compostos farmacêuticos produzidos a partir de plantas da Amazônia.

Sobre o problema do acesso aos recursos genéticos, a mais importante iniciativa no Congresso foi o projeto de lei da senadora Marina Silva, que prevê a regulamentação do comércio daqueles recursos e a adoção de medidas que visem à conservação e utilização sustentável, observado o respeito ao ecossistema.

No segundo documento, o que temos é uma denúncia de um vasto esquema anglo-americano, no sentido de dominar as riquezas do planeta, aí se incluindo o incomensurável potencial da Amazônia.

Daí a estratégia, em andamento, de desestabilizar as soberanias. De acordo com o documento, "no centro da investida contra Roraima está a chamada Associação Amazônia, ONG internacional cujas atividades estão sendo investigadas pela CPI da Terra. Por trás dela, encontramos intrincados interesses internacionais ligados ao aparato ambientalista dirigido por famílias oligárquicas predominantemente anglo-holandesas."

Aponta-se, ainda, o interesse em desmantelar as forças armadas dos países ao sul do Rio Grande, transformando-as em forças policiais cuja missão seria não a defesa da soberania nacional, mas o combate ao narcotráfico. Daí a ideia de se criar uma força supranacional a cuidar da preservação ambiental e da integridade nacional.

Reza o documento que o general Patrick Hughes, diretor da Defense Intelligence Agency, disse que, se o Brasil resolvesse fazer uso da Amazônia de forma prejudicial ao meio ambiente estadunidense, as Forças Armadas dos EEUU deveriam estar preparadas para interromper o processo imediatamente.

Teme-se estar em andamento um processo de desmembrar Rondônia do resto do país, em nome de uma doutrina ambientalista e indianista. O primeiro passo seria reconhecer o estado de "nação" de certos povos indígenas. Promover-se-ia, portanto, a ascensão do nacionalismo étnico em contraposição ao Estado nacional. O documento menciona várias iniciativas internacionais no sentido de tolher a soberania brasileira e reduzir seu alcance sobre a Amazônia. Lembra que o falecido presidente francês, François Mitterand, sugeriu que o Brasil "renunciasse a parcelas de soberania" sobre a região amazônica, na conferência de Haia, realizada em abril de 1989.

Fiquem essas observações finais para demonstrar a extensão do leque de ambições internacionais sobre o território brasileiro compreendido pela Amazônia. Os desafios do momento são tão poderosos quanto aqueles enfrentados pelos portugueses, durante o período colonial e pelo governo imperial, no período seguinte à nossa independência. A sociedade brasileira e o seu governo precisam capacitar-se de que devem estar à altura dos ancestrais na defesa de seu patrimônio material, cultural e biológico. Deve-se preparar a opinião pública para repelir as agressões internacionais. A doutrina liberal-globalista ronda o nosso povo e viola as nossas fronteiras públicas e particulares, pois invade a Amazônia e instala-se em nossos lares.

CAPÍTULO II

Euclides da Cunha, escritor e pensador da nacionalidade: a fase amazônica

1. ARTISTA E CIENTISTA SOCIAL

Breves traços biográficos

Euclides da Cunha, neto de sertaneja, órfão no início da vida, viu-se desde cedo desprotegido das atenções maternas e da garantia e segurança de uma família estável. Mostrou-se continuamente um espírito sensível e impulsivo.

Formou o espírito numa época de profundas transformações políticas no Brasil – a passagem do período imperial para a fase republicana de nossa História.

Teve a atenção despertada principalmente para os temas históricos e políticos, aos quais aplicou os atributos mais expressivos de seu talento, com absorvente dedicação.

Republicano, empregou-se empenhadamente na causa que empolgava de modo especial a mentalidade jovem da época, que clamava por uma renovação de métodos na administração pública e na orientação política.

Seus estudos, como não poderia deixar de ser, foram demasiadamente marcados pela ciência que então importávamos da Europa e as novidades que excitavam a elite intelectual.

Morreu muito cedo, o notável escritor, assassinado aos 43 anos de idade, sem ter tido emprego duradouro, situação estável, sequer uma biblioteca permanentemente ao alcance de sua insaciável curiosidade.

Fosse um homem comum, teria deixado apenas uma obra representativa de seu tempo, marcada pelas qualidades e pelos defeitos que o correr dos dias se encarregaria de evidenciar. Mas foi um homem excepcional, cuja face mais extraordinária – razão de sua notável importância nos quadros de nossa formação – parece-nos encontrar-se no seu poder de expressão.

O escritor

Na verdade, nenhum outro aspecto da vida e da obra de Euclides da Cunha é mais importante que o do escritor, em que alcança por vezes cintilações de gênio, seja na utilização da língua, seja na revelação de sentimentos vigorosos a serviço de um temperamento vivamente voltado para o lado mais eloquente dos acontecimentos.

É graças ao seu estilo que Euclides da Cunha pôde suplantar com vantagem as limitações enganosas da ciência de que se deixou absorver nos estudos que empreendeu. O temperamento, neste caso, superou a educação.

Consideremos, de início, a sua obra, *Os sertões* principalmente, onde o seu talento, os seus conhecimentos e a sua capacidade de análise mais se revelam.

Obra multiforme

Em todos os escritos podemos aquilatar o volume extraordinário de informações livrescas que arrebanhava, de modo especial nos campos da Geografia, da Geologia, da Botânica, da Etnologia, da Antropologia, da Psiquiatria, da Filosofia, da Política, da Literatura e da Sociologia.

É preciso não esquecer que Euclides da Cunha foi, para ficarmos no seu perfil mais cotidiano, um engenheiro que fazia incursões nas letras. Por tendência e aptidão, estava sempre voltado para as ciências sociais.

Digamos, de início, que Euclides da Cunha era um cientista social amador. Não será sem propósito lembrar aqui que, entre as suas primeiras manifestações literárias, se encontra a colaboração que iniciou a 29 de dezembro de 1888 na *Província de São Paulo* (hoje *O Estado de S. Paulo*) na seção "Questões Sociais", significativamente com o pseudônimo de Proudhon. Aos 22 anos de idade (próximo, por alguns dias, dos 23, portanto).

O cientista social

Se quisermos abordar Euclides da Cunha como sociólogo, diremos que as circunstâncias é que o impeliram até lá. Essencialmente escritor, tinha por índole a vocação partidária. Daí, os temas políticos o apaixonarem tanto, especialmente a causa republicana. O seu notável pendor pela história, dir-se-á, advém da paixão pela política. Foi, de certa forma, um historiador participante, e quase sempre tomava partido ao narrar os eventos históricos da humanidade ou de sua pátria.

De outro lado, as fontes de saber de que se alimentava quase que o aprisionaram numa estrutura de enquadramento bastante circunscrita. Foi o seu gênio forte e a incapacidade de conter-se nas regras teóricas e práticas que o levaram a superar os esquemas da ciência oficial. Como cientista social, talvez se nos apresentasse hoje como um homem ponderado, eficiente, grande conhecedor dos principais livros que a civilização produzia na época, todavia cabalmente superado, com o extraordinário avanço científico do século.

Se a vocação partidária o impelia à Política e se esta o levava à História, a sua inexcedível curiosidade a respeito do homem conduziu-o à Etnologia e à Psicologia Social. A ciência racista da época incidia a sua análise de modo especial sobre os fenômenos extraordinários, procurando a confirmação de suas regras pouco flexíveis no terreno das exceções.

O fenômeno era universal. Basta que conheçamos a projeção dele em nossa literatura para nos darmos conta do número incrível de caracteres doentios a inspirarem os principais escritores do realismo e do naturalismo.

Euclides da Cunha, receptivo como era às novidades, sofreu influência indireta de Ratzel, o insinuante arquiteto da antropogeografia, de Darwin, prógono de toda uma escola, de Gumplowick, de Comte, de Marx e de alguns outros responsáveis pelo clima científico que, sob o pretexto de objetividade e certeza, submetia a ciência do homem às leis das ciências naturais, operando dupla deformação: a do homem reificado e a da natureza determinante. Na interrelação de ambas, um imperdoável desvio.

Mas o contato direto com os acontecimentos e o amadurecimento intelectual foram paulatinamente aluindo aquela crosta artificial de seus conhecimentos eruditos, enquanto a técnica da *observação participante* que instintivamente, por mera inspiração, ele adotou, foi transferindo-o gradualmente do terreno de uma Antropologia arcaica para o esboço de uma Sociologia aplicada.

Apesar de firmemente seduzido pelas ideias racistas e de predomínio do meio sobre o homem, já na prova escrita do concurso que disputou no Colégio Pedro II, em maio de 1909 (ano de seu falecimento), elaborava um pensamento que continha dúvida acerca das tantas certezas que atacam os espíritos mais vulneráveis: "Em toda a parte todas as nações se alteram porque a verdade é móvel, é, como a vida, um fato complexo que continua..."

Profundamente contraditório o nosso Euclides! Enquanto observador de Canudos a distância, julgava, como todos os republicanos, haver ali um desafio à República recém-implantada.

Antônio Conselheiro e seu grupo infeliz, vitimados por um sistema de produção latifundiário e patriarcal, não passavam de agentes da Monarquia em conluio com potências estrangeiras. Daí, o tom heroico que imprimiu às primeiras considerações a respeito do episódio de Canudos: "A República sairá triunfante desta última prova" (assim concluía o artigo "A nossa Vendeia", publicado em março de 1897). Mais tarde procuraria enquadrar aquela população rebelada no esquema das patologias sociais.

Transportado ao cenário das lutas, irá, logo em seguida, em páginas de estilo fulgurante, exaltar os filhos da mestiçagem que a sua ciência indicava ser a causa de degeneração e amesquinhamento do ser humano.

Aliás, para ilustrar a sua afeição pelos fatos, vale a pena

recordar o episódio narrado por João Luso numa crônica que serve de introdução ao livro *Contrastes e confrontos:*

> Euclides tinha, como escritor, uma teoria que não devia ser apenas uma teoria de arte, mas a sua maneira de ser em todas as coisas. Uma vez, conversando, não sei já como viemos a falar de certo cronista – também já me não lembro o cronista – fútil e oco, mas sempre mais ou menos brilhante, capaz de tomar a pena, sem noção de que ela iria rabiscar, sem assunto a desenvolver, sem ideia fundamental a apresentar e, entretanto, compor uma página, que se lia com interesse e prazer...
>
> – Admiro esses tipos! – exclamou ele, com sinceridade. Acho-os inquestionavelmente superiores, com essa faculdade de tirar do nada alguma cousa, que se veja. Pelo menos, em relação a mim próprio, obrigam-se a reconhecer-lhes esta superioridade: É que eu sou como certos pássaros que, para despedir o voo, precisam de trepar primeiro a um arbusto. Abandonados no solo raso e nu, de nada lhes servem as asas; e têm que ir por ali fora à procura do seu arbusto. Ora, o meu arbusto é o Fato. (Liv. Lello & Irmão, Lisboa, 1941, p. XLII).

Antropólogo

Podemos encontrar, na história de nossa elaboração intelectual, duas correntes bem nítidas no campo da Antropologia brasileira: de um lado, uma corrente *globalista* (representada inicialmente por Sílvio Romero e Oliveira Viana), cuja análise apanha o país como um todo; de outro lado, uma corrente *diferencial*, que retrata o país como um mosaico de regionalismos. Neste caso, se incluiria Euclides da Cunha que, reconhecendo a heterogeneidade social do Brasil, em decorrência de sua diversidade geográfica, foi "um dos fundadores de nossa sociologia regional" no dizer de Guerreiro Ramos.

Quer-nos parecer, todavia, que a análise de Euclides da Cunha tivesse propósito mais amplo, pois o seu desespero maior residiu justamente no fato de a civilização do litoral não se ter voltado ainda para os interesses da população sertaneja, com os propósitos de integrá-la em nossa nacionalidade. Na verdade, não analisou o sertão como um fato isolado, perdido no interior do Brasil a exigir uma interpretação restritiva; colocou o sertão no seu contexto social e demonstrou que o isolamento e a penúria dos nossos irmãos eram produto principalmente da sociedade que vivia no litoral. As frentes de civilização que estabeleciam contato com os sertanejos eram agressivas e indóceis. Além do mais, as instituições consolidavam um tipo de exploração econômica danosa aos interesses dos camponeses. Teve a capacidade, portanto, de partir de um fato particular para o fato social total.

Tão aguda era a percepção de Euclides da Cunha que ele pôde observar que o litoral e o sertão tinham a separá-los entre si não apenas as distâncias, o espaço, mas sobretudo "três séculos de civilização".

A visão global tentada por Euclides pode perfeitamente ser explorada a partir de suas incisivas afirmações no início de seu livro capital: "Estamos condenados à Civilização. Ou progredimos ou desaparecemos" *(Os sertões,* 1944, 17ª edição, p. 70).

Ele próprio se alertara dos confusos rumos da Antropologia nacional. Basta que leiamos pausadamente este trecho, colhido no início de *Os sertões,* logo após uma exposição a respeito da heterogeneidade do meio brasileiro: "Como quer que seja, estas rápidas considerações explicam as disparidades de vistas que reinam entre os nossos antropólogos. Forrando-se, em geral, à tarefa penosa de subordinar as suas pesquisas a condições tão complexas, têm atendido sobremaneira ao preponderar das capacidades étnicas. Ora, a despeito da grave influência destas, não a negamos, elas foram entre nós levadas ao exagero, determinando a irrupção de uma meia-ciência difundida num extravagar de fantasias, sobre-ousadas, estéreis. Há como que um excesso de subjetivismo no ânimo dos que entre nós, nos últimos tempos, cogitam de coisas tão sérias com uma volubilidade algo escandalosa, atentas às proporções do assunto. Começam excluindo em grande parte os materiais objetivos oferecidos pelas circunstâncias mesológica e histórica. Jogam, depois, e entrelaçam e fundem as três raças consoante os caprichos que os impelem no momento. E fazem repontar desta metaquímica sonhadora alguns precipitados fictícios". *(Os Sertões,* 1944, 17ª edição, p. 69).

Guerreiro Ramos, que na *Introdução crítica à sociologia brasileira* (Editorial Andes, Rio, 1957), não contém a sua grande simpatia por Euclides da Cunha, encontra nele elementos racionais de superação das influências deformadoras do pensamento estrangeiro, talvez na mesma linha daqueles que hoje, analisando o movimento literário da "Antropofagia", surpreenderam ali (com exagero, não há dúvida) o propósito firmado de o nacional se alimentar dos fornecimentos externos digerindo-os, assimilando-os ao organismo importador em ato de apropriação enriquecedora: "De resto" – diz ele – "em matéria de relações de raça no Brasil, Euclides da Cunha equivocou-se tanto quanto, por exemplo, Nina Rodrigues. E o que, entretanto, o diferencia do último e dos seus seguidores são duas coisas: em primeiro lugar, a sua atitude crítico-assimilativa em face da ciência estrangeira, que ele utilizou, sem passividade e sem basbaquice, mas com plena lucidez, repensando os conceitos e as teorias, à luz dos fatos que coletava. Jamais é surpreendido na prática de meros confrontos de textos de cientistas estrangeiros, de dissertações doutorais anódinas ou do *crochet* de citações. As páginas de seus livros são inteiriças, expressão direta do que o autor pensa. Há que se sublinhar, pois, aqui, a autenticidade de um esforço de compreensão merecedor, só por isso, de ser apresentado como paradigmático dos cientistas brasileiros" (p. 132).

Parece-nos, todavia, que a oportunidade de realizar uma "observação participante" modificou extraordinariamente o pensamento de Euclides da Cunha, a ponto de grande parte de seu arrazoado técnico chocar-se com a imanência dos episódios tão eloquentemente narrados em *Os sertões*.

De certa forma, Guerreiro Ramos o reconhece, ao evidenciar não somente os equívocos da ciência que Euclides abraçava, como também a cegueira dos que se fiaram apenas nos argumentos teóricos do notável escritor:

> Euclides da Cunha elaborou os seus estudos sobre os problemas étnicos no Brasil em época em que os conceitos de cultura e raça não estavam perfeitamente desembaraçados um do outro. A distinção entre o processo

> biológico e o processo social, hoje corriqueira e nítida nos compêndios de Sociologia e Antropologia, não tinha sido alcançada ainda pela ciência do tempo de Euclides (p. 131) (...) Os antropólogos e sociólogos da corrente que tenho chamado de "consular" entenderam escassamente ou de nenhum modo o significado profundo de *Os sertões,* preocupando-se em descobrir no livro os erros de técnica científica. Arthur Ramos o considerou um "terrível anátema contra o nosso povo de mestiços". Mas é justamente o inverso. (p. 133). (...) A superioridade de Euclides da Cunha enquanto sociólogo, quando comparado a estudiosos como Nina Rodrigues, Arthur Ramos ou Gilberto Freire, é não ter utilizado a ciência estrangeira simétrica e mecanicamente. Não importam seus erros. Temos de aprender com ele a assumir atitude integrada na realidade nacional. Não é difícil escrever obras com o propósito de mostrar que se sabe bem uma lição ou como quem escreve deveres colegiais. Os acertos dos atuais sociólogos e antropólogos consulares e os equívocos de Euclides da Cunha se equivalem: uns e outros são importados ou frutos de nossas obnubilações pelos 'prestígios' ocasionais dos centros estrangeiros. (p. 134).

Mas voltemos à sua caracterização como cientista social. No episódio de Canudos, Euclides da Cunha foi convidado a testar os seus preceitos de Etnologia, bem assim os seus conceitos de Sociologia. Numa só oportunidade ele pôde fotografar simultaneamente a efervescência de acontecimentos atuais, de larga repercussão nacional, e o encontro insólito de duas culturas.

Antropologia e Sociologia

Admitindo-se que a Antropologia estuda o comportamento biocultural do homem, penetrando os caracteres físicos e psíquicos projetados no contexto cultural, (houve quem definisse a Antropologia como "ciência da humanidade" ou como "história natural do gênero humano") e concebendo-se a cultura como tudo aquilo que resulta do esforço criador do homem, constituindo o resíduo de adaptação biopsíquica deste ao meio, não será forçado admitir que Euclides da Cunha possa tanto ser estudado como antropólogo quanto como sociólogo. Ademais, os campos de referência de ambas as ciências se interpenetram repetidas vezes, tornando as suas fronteiras não raro indeterminadas e flexíveis. Pode-se até invocar no caso o esforço de Radclife-Brown, que, na Inglaterra, procurou identificar a Sociologia com a Antropologia.

Se quisermos, todavia, delimitar os campos preferenciais da elaboração científica, diríamos que à Antropologia cumpre o estudo das culturas, mormente nas sociedades de *folk*, até as suas mais avançadas formas campesinas; e que à Sociologia cabe a apreciação sistemática dos fatos sociais emergentes de modo preferencial nas sociedades urbanas.

A aproximação simpática do antropólogo às suas fontes de análise e a participação do sociólogo nas correntes de interesse que pretende destacar constituem os métodos mais fecundos de estudo dos últimos tempos. Talvez Euclides da Cunha os haja adotado por forte inspiração, ignorando a avaliação de sua importância, o que somente as correntes mais modernas foram aconselhar, baseadas em experiências e aferições.

As duas faces

Em contato com os "fanáticos" (assim eram denominados os insurretos de Canudos), compreendendo-lhes o drama e presenciando-lhes a coragem e valentia, Euclides dobrou-se à sua causa, sem pretender a manutenção de uma coerência intelectual que o levava a contrapor-se ao movimento e a interpretar a multidão revoltada como uma "coletividade anormal". Antônio Conselheiro, diante de seus olhos vivamente impressionados, não será mais apenas um degenerado, um caso de Psiquiatria.

Essa duplicidade de Euclides da Cunha, homem de saber e intérprete voluntarioso dos acontecimentos, é muito bem posta em relevo por Nelson Werneck Sodré, no livro *A ideologia do colonialismo:*

> Existe em Euclides da Cunha um dualismo singular, de que os seus livros estão pontilhados: enquanto observa, testemunha, assiste, conhece por si mesmo, tem uma veracidade, uma importância, uma profundidade e uma grandeza insuperável; enquanto transmite a ciência alheia, ainda sobre o que ele mesmo viu, testemunhou, assistiu, conheceu, resvala para o teorismo vazio, para a digressão subjetiva, para a ênfase científica, para a tese desprovida de demonstração. Vai a Canudos, presencia a

luta tremenda que ali se trava, e transmite ao seu *Diário* as impressões indeléveis, honestas, exatas – o sertanejo é titã. Volta de Canudos e arma-se de bagagem teórica para fazer do rascunho um livro, e apenas traduz as teorias alheias, enfatizando-as – e o sertanejo é uma sub-raça, e o cruzamento é um desastre genético, e o negro e o índio são raças primitivas, e há uma seleção natural, e deve-se aplicar às sociedades as teses do transformismo e do evolucionismo, daquele falso materialismo que, em suma, foi o aborto científico de fase justificatória e apologética... Mas, adiante, depois da introdução sobre o meio físico e sobre o meio humano, em que tais teses se expandem, descreve, com vigor épico, as maravilhas dos sertanejos, a sua áspera noção de honra, a sua bravura, a sua inteireza, a sua resistência, porque transmite o que viu, o que assistiu, o que testemunhou. Sobre a Amazônia, o que escreve antes de a conhecer tem uma orientação – e esposa as teses doutrinárias do colonialismo; o que escreve depois de a conhecer é o inverso – o seringueiro é um bravo, apenas vítima da espoliação econômica, um desbravador do deserto, um bandeirante. (*A ideologia do colonialismo,* ISEB, Rio, 1961, pp. 142/3).

Nacionalismo

Podemos dizer que o impacto dos fatos contribuiu decididamente para a modificação da mentalidade do autor de *Os sertões,* assim como começou a firmar nele convicções de cunho nacionalista que, vivesse por mais tempo, acabariam por torná-lo o primeiro grande sistematizador desse ponto-de-vista intelectual.

Já em *Contrastes e confrontos* encontramos vez por outra um apreciável pendor para a perspectiva nacional de exame dos problemas locais. Vejamos um exemplo:

> Porque afinal é lastimável que ainda hoje procuremos nas velhas páginas de Saint-Hilaire... notícias do Brasil. Alheamo-nos desta terra. Criamos a extravagância de um exílio subjetivo, que ela afasta, enquanto vagueamos como sonâmbulos pelo seu seio desconhecido. (*Contrastes e confrontos,* 8ª edição, 1941, pp. 85/6).

Aquilo que havia nele de nacionalismo territorial, político e ideológico, desbordaria também aos campos da produção literária, conforme seria facilmente demonstrável em toda a sua obra. Vejamos este trecho do seu prefácio ao livro *Inferno verde* de Alberto Rangel:

> ... cumpre-nos não esquecer o falso e o incaracterístico da nossa estrutura mental, onde, sobretudo, preponderam reagentes alheios ao gênio da nossa raça. Pensamos demasiado em francês, em alemão, ou mesmo em português. Vivemos em pleno colonato espiritual, quase um século após a autonomia política. Desde a construção das frases ao seriar das ideias, respeitamos em excesso os preceitos das culturas exóticas, que nos deslumbram – e formamos singulares estados de consciência *a priori,* cegos aos quadros reais da nossa vida, por maneira que o próprio caráter desaparece-nos, folheado de outros atributos, que lhe truncam, ou amortecem, as arestas originárias.
>
> O que se diz escritor, entre nós, não é um espírito a robustecer-se ante a sugestão vivificante dos materiais

objetivos, que o rodeiam, senão a inteligência, que se desnatura numa dissimulação sistematizada. Institui-se uma sorte de mimetismo psíquico nessa covardia de nos forrarmos, pela semelhança externa, aos povos que nos intimidam e nos encantam. De modo que, versando as nossas coisas, nos salteia o preconceito de sermos o menos brasileiros que nos for possível. E traduzimo-nos eruditamente, em português, deslembrando-nos que o nosso orgulho máximo deverá consistir em que ao português lhe custasse a traduzir-nos, lendo-nos na mesma língua.

De qualquer modo, é tempo de nos emanciparmos.

Nas ciências, mercê de seus reflexos filosóficos superiores estabelecendo a solidariedade e harmonia universais do espírito humano, compreende-se que nos dobremos a todos os influxos estranhos.

Mas nenhum mestre, além das nossas fronteiras, nos alentará a impressão artística, ou poderá sequer interpretála. (prefácio a *Inferno verde,* livro de contos de Alberto Rangel, ed. de 1920. Tipografia E. Arrault, Tours; também "Amazônia", in *Revista Americana*, nov., Tomo I, Fasc. III, Rio de Janeiro, 1897).

Terminemos com um retorno aos pontos centrais de nossa tese. Primeiro, documentemos com um trecho de sua colaboração para *O Estado de S. Paulo* a noção globalista do país e o seu anseio de uma unidade integradora de todos os brasileiros na mesma comunidade de interesses, com uma afirmação de grandeza que arquiva a ciência europeia entendida sem crítica:

Sejamos justos – há alguma coisa de grande e solene nessa coragem estoica e incoercível, no heroísmo soberano

> e forte dos nossos rudes patrícios transviados, e cada vez mais acredito que a mais bela vitória, a conquista real, consistirá no incorporá-los, amanhã, em breve, definitivamente, à nossa existência política.

É preciso insistir sempre em que Euclides da Cunha era um otimista, que acreditava nas possibilidades do futuro e na necessidade de superação do atraso. Observe-se apenas o início de seu trabalho "Civilização", em que analisa a visão pessimista da história:

> Convenha-se em que Spencer – Spencer o da última hora, o Spencer valetudinário, o misantropo que chegou aos primeiros dias deste século para o amaldiçoar e morrer – desgarrou da verdade ao afirmar que há nestes tempos um recuo para barbaria. Viu a vida universal com a vista cansada dos velhos. Não a compreendeu. Não lhe apreendeu os aspectos variadíssimos e novos (*Contrastes e confrontos,* p. 225).

Termina-o dizendo:

> Os tempos que vão passando são, na verdade, admiráveis (p. 261).

Depois, mobilizemos o seu *Diário de campanha* para, finalmente, converter em verdade provada a nossa hipótese de que a sua presença no cenário das lutas de Canudos levou-o ao método da "observação participante" e o transformou profundamente, tanto no plano existencial quanto no plano intelectual, mercê de penetração aguda no significado dos eventos humanos, que caracterizavam marcantemente o seu estilo grandíloquo, aliciante:

> Felizes os que não presenciaram nunca um cenário igual... Quando eu voltei, percorrendo, sob os ardores da canícula, o vale tortuoso e longo que leva ao acampamento, sentia um desapontamento doloroso e acreditei haver deixado muitas ideias perdidas naquela sanga maldita, compartindo o mesmo destino dos que agonizavam manchados de poeira e sangue...

Sente-se o escritor e percebe-se o cientista. O primeiro conduzido por um espírito dramático e um estilo fundado em hipérboles, o segundo capaz de superar as abstrações de um conceitualismo inepto em favor de uma interpretação induzida dos fatos. Um escritor que apurava a sua percepção lírica e um cientista social interessado, que se envolvia no processo e tentava colaborar na sua orientação. Assim, a longo prazo, tudo indica que História, Sociologia, Antropologia e Política acabariam convertidas, em suas mãos, aos interesses nacionalistas da Pátria.

2. PSICOLOGIA, CIÊNCIA E ARTE

Duplicidade de Euclides da Cunha

A muitos tem espantado certas contradições entre uma fase e outra de Euclides, entre as teorias científicas que alardeava e as conclusões que retirava dos fatos, entre o absoluto que buscou e a relatividade que defendeu. A crítica aponta algumas dessas contradições, não sem assinalar que, para resolvê-las, Euclides saía pelo melhor caminho, vencendo os dogmatismos de que se imbuíra nos primeiros estudos. Calejado de superar-se, pôde, a certa altura, assumir posição mais humilde diante da realidade analisável. Está em sua prova escrita de maio de 1909 o seguinte:

> Em toda a parte todas as noções se alteram porque a verdade é móvel, é como a vida, um fato complexo que continua...

A verdade é móvel. Esse talvez não fosse o pensamento do jovem que, em São Paulo, longe do teatro das operações, referindo-se a Canudos ("A Nossa Vendeia"), terminava assim, em março de 1897, o primeiro artigo: "A República sairá triunfante desta última prova." Que são, afinal, *Os sertões*? Um formidável libelo contra a República!

Mas, a própria obra-prima de Euclides encerra algumas contradições. A miscigenação, por exemplo, é condenada por enfraquecer as raças. Euclides, em seus estudos, predispunha-se a conhecer apenas dois tipos de raças: as fortes e as fracas. O mestiço instável tenderia a regredir às raças matrizes. Era a teoria. Lê-se em *Os sertões:*

> Ante as conclusões do evolucionismo, ainda quando reaja sobre o produto o influxo de uma raça superior, despontam vivíssimos estigmas da inferior. A mestiçagem extremada é um retrocesso.

Mais adiante:

> ...o desequilíbrio nervoso, em tal caso, é incurável... *(Os sertões,* Rio, Liv. Francisco Alves, 1950, p. 1.008).

O mestiço é ainda tachado de "decaído", portador de "hibridez moral" etc. Era a teoria... No final do livro, depois de um relato empolgante de heroísmo de lado a lado na luta de mestiços, o leitor é levado, num roldão de entusiasmos, a render-se, com espanto e admiração, à evidência suprema: o sertanejo é, antes de tudo, um forte. Não houve rendição em Canudos. A covardia não encontrou abrigo num só casebre dos 5 mil que compunham o reduto rebelde. O hibridismo moral não se manifestou na situação extrema...

A pretensa objetividade de Euclides contrastava com sua intuição artística, sua observação dos fatos.

Rui Facó assinala que Euclides da Cunha "... embora se situando em posições filosóficas errôneas, acertou muitas vezes contra as próprias concepções que adotara". Acrescenta mais adiante: "... o fato altamente positivo é que, mesmo imbuído de falsas teorias antropológicas, de conceitos reacionários, apesar disso, foi um homem de pensamento avançado, um dos vanguardeiros das ideias progressistas do Brasil em seu tempo" ("A evolução do pensamento de Euclides da Cunha", em *Estudos Sociais,* nº 6).

E Gilberto Freyre, em conferência que data de 1940, já mencionava essa duplicidade do autor de *Os sertões:*

> ... Euclides da Cunha viu-se às vezes arrastado pelo que considerava a antropologia científica na sua expressão única e definitiva, a acreditar na incapacidade do mestiço: incapacidade biológica, fatal. Mas o certo é que não se extremou em místico de qualquer teoria de superioridade de raça. O perfil que traça do sertanejo não é de um devoto absoluto de tal superioridade *(Atualidade de Euclides da Cunha,* Rio, C. E. B., 1943, p. 17).

Também na teoria literária ficou Euclides entre situações opostas. Eugênio Gomes aponta nele a influência do parnasianismo, "ao qual rendeu (...) não pequeno tributo" (ob. cit., p. 303). Pois bem: em plena vigência daquela escola literária, que se caracterizou por uma atitude aristocrática na escolha dos assuntos, isenta na filosofia de vida e fria na realização técnica da obra, Euclides soube ser um deslumbrado diante do mundo, um participante de dramas humanos, um escritor eloquente na defesa de suas ideias. Franklin de Oliveira chega a atribuir sua permanência à sua consciência social "... a consciência ética que levou Euclides a banir da literatura seu sentido diletante, para à literatura dar espírito de missão" *(A Literatura* no *Brasil,* Vol. II, tomo I, p. 304).

Como explicar essa oposição do teórico ao prático, da cultura à ação, do homem em si ao homem em situação?

Alienação científica e pensamento situado

Não houve desdobramento de uma personalidade, mas condicionamentos diferentes. De um lado, a sociedade que hauria fórmulas e conhecimentos transplantados do estrangeiro, sem passá-los por uma adaptação e submetê-los às necessidades do pensamento inferido da realidade brasileira, transmitia-lhe mecanicamente um sistema de idéias oracular, diante do qual – presumia-se – só era possível ao aprendiz crer e admirar; de outro lado, o teatro dos acontecimentos mostrava-se infenso aos apriorismos que lhe foram ministrados, o que o obrigava a buscar interpretações mais consentâneas com a natureza dos fatos.

Em Euclides da Cunha, uma coisa é o homem de gabinete, impregnado de falsa cultura e fervoroso adepto de um suposto objetivismo; outra coisa é o trabalhador de campo, provado nas lides da vida social, em que os múltiplos jogos de interesse baralhavam as linhas inflexíveis do dogmatismo. Rui Facó logrou, no artigo mencionado, captar esse bifrontismo na vida e na obra de Euclides da Cunha, quando assinala:

> Em Euclides da Cunha travava-se uma luta constante entre o homem que procedia das classes dominantes – com todas as suas opiniões preconcebidas, falsos conceitos de raça e meio geográfico – e o estudioso atento e honesto da realidade brasileira em contato direto com o povo. Entre a massa camponesa não surpreendeu, como uma aspiração imediata e clara, a exigência da posse da terra, uma aspiração consciente de livrar-se da escravidão

do latifúndio. Tampouco a jovem burguesia brasileira, no seu estágio de atraso, subordinada politicamente aos latifundiários e já sofrendo as consequências da penetração do capital estrangeiro no País, tampouco ela reclamava uma mudança radical na estrutura agrária.

Já dissemos que Os *sertões* situam-se ao nível cultural da época. Euclides, como homem de erudição, estava a par das correntes de pensamento dominantes e serviu-se do acervo de informações culturais para programar e executar sua obra-prima. É bem verdade que apenas seu instrumental científico não daria para realizar o que nos deixou. Sua intuição penetrante, quer no campo da Psicologia, quer nos domínios dos problemas sociais, é que o fizeram superar os instrumentos de que dispunha. Assim, os preconceitos das raças fortes foram caindo à medida que, em trabalho de campo, ia verificando que as chamadas "raças inferiores" eram capazes de cometimentos muito mais altos do que faziam esperar as lições que, a respeito delas, auferia no recesso dos gabinetes.

Se refletisse sobre isso, teria sido mais fecundo ainda o seu trabalho, pois lhe seria permitido elaborar novo sistema de ideias, que englobasse outros ingredientes condicionadores do comportamento humano. Faltou-lhe sistematizar as contradições com se que defrontou e que foram traduzidas magistralmente em sua obra-prima. Se os fatos superavam sua ciência, seria justo que ele procurasse as causas desse desajuste. Nesse trabalho de investigação, teria encontrado os novos caminhos para as ciências sociais, então já palmilhadas por outros estudiosos em diversos países.

A intuição de Euclides, portanto, foi, por assim dizer, mais forte que sua formação cultural. A completar sua obra, restaram as magistrais soluções literárias, que consolidaram sua permanência na área de curiosidade da crítica. A ciência, apenas, talvez o tivesse matado, para o gosto do público e dos setores especializados, no limiar da geração seguinte. Faria dele figura secundária.

Assim sendo, Euclides, não tendo reformado as ciências sociais de que era conhecedor – porque não analisou especificamente as contradições e as deficiências encontradas ao longo de sua aplicação –, projetou sobre o século a força de sua intuição revisionista e até mesmo reformadora, manifestação primária mas, no caso, excepcionalmente robusta, de um prógono inconteste. Ao mesmo tempo, senhor de uma sensibilidade literária fora do comum, criou um estilo, resolveu os problemas formais com extrema originalidade, assegurando assim seu lugar na literatura brasileira.

Tanto havia de convencional em sua posição científica quanto nada possuía de factício seu apego generoso às causas políticas com que defrontara. Sob esse aspecto, Euclides era um homem disponível. Não tentou conduzir os acontecimentos para pô-los de acordo com ideias preestabelecidas; antes, deixou-se levar por eles. Pode-se observar até que, à medida que envelhecia, ia perdendo o apreço pela ciência em que tão confiadamente acreditou e mais se agarrava à dialética dos fatos. A certa altura, conforme vimos, já admitia que a verdade fosse móvel.

No célebre concurso que disputou com Farias Brito, desfechou crítica fulminante contra os filósofos que mais entusiasmavam a inteligência brasileira de então:

> Kant, sobretudo – dirá em carta a Oliveira Lima – assombra-me não já pela incoerência (porque é o exemplo mais escandaloso de um filósofo a destruir o seu próprio sistema), senão pelos exageros apriorísticos que o reduzem. A minha opinião de hoje é esta: o famoso solitário de Köenigsberg, diante do qual, ainda hoje, se ajoelha a metade da Europa pensante, é apenas um Aristóteles estragado. Comte (que eu só conhecia e admirava através da matemática) revelou-se-me, no agitar ideias preconcebidas e prenoções, e princípios, um ideólogo capaz de emparceirar-se ao mais vesânico dos escolásticos, sem distinção de nuanças, em toda a linha agitada que vai de Roscelino a São Tomás de Aquino. E quanto a Espinosa, surpreende-me que durante tanto tempo a humanidade tomasse ao sério um sujeito que arranjou artes de ser doido com regra e método, pondo a alucinação em silogismo!

A arte como redutora da ciência

Ao dar cunho artístico à sua obra, parece que Euclides era mais sentimento que memória cultural. A geometria inabalável de seus preceitos científicos teve de amoldar-se às surpresas da vida e o homem genial pode, sem erros graves, manejar instrumentos impróprios na defesa de uma tese procedente. De posse de um modelo cultural importado, tentou, dentro do esquema do pensamento colonial, interpretar a realidade indígena. Na justaposição dessas quantidades heterogêneas, manifestou-se, aos seus olhos argutos, um sério conflito. Para casar os fatos decorrentes de nossa estrutura social com a ciência interpretativa gerada pelos fatos sociais de outra estrutura, teria apenas duas alternativas: ou adaptava os fatos da vida brasileira aos métodos de interpretação importados, critério normalmente posto em prática pelos estudiosos de seu tempo, ou submetia o instrumental de apreciação histórica às exigências de novos tipos de relações. Em suma, ou violentava os fatos ou brutalizava a ciência. Optou pela segunda forma, o que fez seu livro mais próximo da realidade nacional. Poderia ter ido além, se tentasse sistematizar, em termos de ciência, as conclusões a que chegou na investigação dos fatos. Teria realizado uma ciência autóctone, inferida, abandonando o apriorismo científico de que se contaminara em seus estudos iniciais. Mas acabou empregando um método de investigação antropológica aproximado daqueles que hoje são denominados "funcional-estrutural" e "de reconstrução histórica".

Psicologicamente, Euclides da Cunha tendia à valorização do que presenciava. Um de seus tropos literários era esse, conforme o demonstra concludentemente Olímpio de Souza Andrade ("Linguagem, poesia e imaginação na História sem fronteiras", em *Revista do Livro*, nº 15, set. 1959). Sílvio Rabelo anteriormente já havia chamado atenção para seus "superlativos sinceros". Essa disposição do espírito, impregnada de lirismo, possibilitou a Euclides a reformulação de várias de suas teses. Sua ciência dizia que a mestiçagem enfraquecia a raça; mas seu contato com os jagunços de Canudos veio demonstrar o contrário; sua obra é a epopeia dos heróis miseráveis, dos gigantes da bravura que não conheceram a rendição. Em São Paulo, escrevia, de acordo com o pensamento oficial, que a República estava ameaçada com as excentricidades do Conselheiro; na Bahia já proclamava o fanatismo bifronte, a injustiça que se cometia para com os infelizes combatentes de Canudos.

Temos, portanto, que contrapor em Euclides o homem de gabinete e o trabalhador de campo; o estudioso que tudo absorvia e o escritor que tudo dramatizava. Augusto Meyer apreende bem esse aspecto, ao confrontar o objetivismo científico desejado por Euclides e o "frêmito da frase nervosa", traço marcante de seu estilo:

> O que logo ressalta, no estilo de *Os sertões,* é certa dissociação entre os propósitos de objetividade científica e a crispatura, o ardor, o frêmito da frase nervosa, a intumescência lírica do período, em contraste com a atitude que o autor pretende manter, de médico-sociólogo, a examinar com a maior exação um determinado problema de quadro clínico: o paciente, neste caso, é a República, e a doença é o fanatismo de Canudos *(Preto e branco,* Rio, Instituto Nacional do Livro, 1956, págs. 183-184).

Ainda em Augusto Meyer vamos encontrar o seguinte:

> Sob o Euclides engenheiro, impregnado do espírito positivo da sua época, transparece o Euclides poeta, isto é, um homem de aguda sensibilidade, insaciado e inquieto, sofrendo as cousas na sua carne, com uma vocação insopitável para traduzir em transfiguração superior de vida poética o espetáculo da natureza, da paisagem humana, da visão histórica (ob. cit., pp. 185/186).

Mais adiante, vamos encontrar o seguinte:

> Como explicar o sortilégio dessa prosa tão complicada, de leitura bem difícil para o modesto leitor médio? É que ele dramatiza tudo, a tudo consegue transmitir um frêmito de vida e um sabor patético (ob. cit., p. 188).

Todo o rompante verbal de Euclides, a sonora orquestração sintática, denuncia uma psicologia voltada para os grandes temas e as grandes elocuções. Franklin de Oliveira explora magnificamente o significado do monumental no autor de *Os sertões*. Refere-se às "grandes massas sonoras", à "progressão imaginativa", à "intensidade do pormenor" e ao "amor do monolítico"; fala-nos também na obsessão da palavra pela palavra, na vocação de ficcionista em Euclides da Cunha, a manifestar-se em sua capacidade para "movimentar massas, jogá-las sinfonicamente, larga e numerosamente", em sua "concepção mítica do universo", na "tendência constante para a antropomorfização"; e quando diz da "árdua procura da observação direta" (ob. cit., p. 296) deixa uma dúvida no leitor, quando é sabido que Euclides, para dramatizar, para valorizar o que presenciava, muitas vezes obscurecia o lado meramente documental da narrativa a fim de explorar o conteúdo emocional, as surpresas do estilo, a expectativa do leitor. Eugênio Gomes registra esses aspectos com grande acerto, comparando versões diferentes de Euclides para os mesmos fatos. A razão, no caso, poderia estar com Franklin de Oliveira, se estivesse referindo-se à suplantação dos prejuízos científicos pela observação frontal dos fatos. Isso, conforme já vimos, define o contraditório no autor de *Peru versus Bolívia,* os dilemas gerados no entroncamento da cultura e da ação.

Como quer que seja, a estrutura psicológica do escritor em Euclides neutralizava e corrigia frequentemente as prénoções científicas, conduzindo-o a uma perspectiva mais acertada com os fatos históricos. O lirismo, a dramaticidade e a eloquência da prosa, atributos firmados na parte sentimental do espírito, amenizaram e valorizaram sua "prosa científica" e a rigidez parnasiana para a qual propendia. Nelson Werneck Sodré, a propósito, soube compreender bem o valor da veemência emocional do autor de *Os sertões:*

> A um Euclides amador de teorias originadas de uma ideologia antinacional, a do colonialismo, Roquete Pinto opunha, assim, o Euclides formidável dos depoimentos exaustivos, dos testemunhos concludentes, da prática honesta. E aí está, sem a menor dúvida, a sua atenuante fundamental. Vendo o drama de uma gente cuja culpa estava ancorada no regime feudal, a que vivia jungida há séculos, e que apenas se rebelava para viver, e nem sendo primeiro no protesto, levantara um libelo grandioso ("Revisão de Euclides da Cunha", em *Revista do Livro* nº 15, set/1959).

A disponibilidade que assinalamos em Euclides da Cunha, somada à sua natureza participante e às qualidades líricas de seu temperamento deram-lhe alicerce para superar o enquadramento cultural em que, durante algum tempo, se viu preso. Retomando surrada imagem a respeito de seu estilo, que o apresenta apoiando-se em frases curtas para desenvolver-se depois nos períodos longos e sonoros, assim como certos pássaros firmam-se em troncos mais baixos para desfechar os largos voos, poderíamos definir as ideias científicas que ele utilizava como seu passo inicial para a fulgurante retórica a serviço das grandes causas, a que o levaram os voos generosos de sua solidariedade humana.

Percalços do automatismo científico

Embora servido de intuição admirável, de penetrante senso de observação e poder verbal fora do comum, Euclides da Cunha crivou sua obra de falsas interpretações dos fatos sociais, de meias-verdades e de análises se não deformadoras pelo menos restritivas dos acontecimentos a que foi levado a interpretar.

O problema social do sertão mereceu dele apenas uma explicação, vamos dizer, geográfica. Procurou lançar em evidência o desnível entre a faixa litorânea do Brasil, em contato direto com o exterior e portadora de condições econômicas bem mais avançadas, e o sertão, insulado em nossa vastidão territorial, a conservar inutilmente um atraso centenário. É o que se lê em *Os sertões,* p. 205:

> Vivendo quatrocentos anos no litoral vastíssimo, em que palejam reflexos da vida civilizada, tivemos de improviso, como herança inesperada, a República. Ascendemos, de chofre, arrebatados no caudal dos ideais modernos, deixando na penumbra secular em que jazem, no âmago do país, um terço de nossa gente. Iludidos por uma civilização de empréstimo; respigando, em faina cega de copistas, tudo o que de melhor existe nos códigos

orgânicos de outras nações, tornamos, revolucionariamente, fugindo ao transigir mais ligeiro com as exigências da nossa própria nacionalidade, mais fundo o contraste entre o nosso modo de viver e o daqueles rudes patrícios mais estrangeiros nesta terra do que os imigrantes da Europa. Porque não no-los separa um mar, separam-no-los três séculos...

Em outra oportunidade, Euclides vai mais além, pois atribui às expedições republicanas e legalistas a condição de estrangeiros no solo sertanejo e, portanto, de invasores daquela região:

> Viam-se (os expedicionários) em terra estranha. Outros hábitos. Outros quadros. Outra gente. Outra língua mesmo, articulada em gíria original e pitoresca. Invadia-os o sentimento exato de seguirem para uma guerra externa (p. 521).

Sua defesa do jagunço, por isso mesmo, é feita em termos eloquentes:

> Insulado no espaço e no tempo, o jagunço, um anacronismo étnico, só podia fazer o que fez – bater, bater terrivelmente a nacionalidade que, depois de o enjeitar cerca de três séculos, procurava levá-lo para os deslumbramentos da nossa idade dentro de um quadrado de baionetas, mostrando-lhes o brilho da civilização através do clarão de descarga (p. 363).

Euclides da Cunha, então, não deixa passar a oportunidade sem inquinar as tropas republicanas dos mesmos estigmas que marcavam os jagunços e em nome dos quais eram estes combatidos. Por isso, refere-se ao fanatismo bifrontal, que havia tomado a uns e a outros. Quando historia o envio das primeiras tropas a Canudos, consigna em nota ao pé da página:

> Pormenor curioso: a força seguiu a 12, ao anoitecer, para não seguir a 13, dia aziago. E ia combater o fanatismo... (p. 228).

Ao narrar os feitos da Quarta Expedição, faz interessante paralelo entre os dois lados combatentes, mostrando-os sob os mesmos erros e exageros:

> Há nas sociedades retrocessos atávicos notáveis: e entre nós os dias revoltos da República tinham imprimido, sobretudo na mocidade militar, um lirismo patriótico que lhe desequilibrara todo o estado emocional, desvairando-a e arrebatando-a em idealizações de iluminados. A luta pela República, e contra os seus imaginários inimigos, era uma cruzada. Os modernos templários, se não envergavam a armadura debaixo do hábito e não levavam a cruz aberta nos copos da espada, combatiam com a mesma fé inamolgável. Os que daquele modo se abatiam à entrada de Canudos tinham todos, sem excetuar um único, colgada ao peito esquerdo, em medalhas de bronze, a efígie do Marechal Floriano Peixoto e, morrendo, saudavam a sua memória – com o mesmo entusiasmo delirante, com a mesma dedicação incoercível e com a mesma aberração fanática, com que os jagunços bradavam pelo Bom Jesus misericordioso e milagreiro... (p. 467).

Euclides da Cunha, contudo, não foi mais além na sua

crítica. O fator geográfico era importante, mas refletia outro fator, este sim, fundamental. Deixou de analisar as relações de produção e observar que a sociedade capitalista do litoral constituía um avanço em relação à sociedade latifundiária e escravocrata do sertão. A contradição geográfica – litoral/sertão – subalterniza-se em confronto com as contradições geradas em torno dos meios de apropriação e utilização da riqueza. O atraso do sertanejo decorria, em essência, dos métodos de exploração a que estava sujeito.

Rui Facó, no artigo citado, aborda por alto o problema agrário em Euclides da Cunha. Da mesma forma o faz Franklin de Oliveira, que assim se pronuncia:

> ... não surpreende que, embora em estado informe, Canudos apresentasse características ou, pelo menos, traços, laivos de revolta agrária (ob. cit., p. 305).

Anteriormente, o autor de *A fantasia exata* já havia denunciado a ausência de explicação econômica para o movimento encabeçado por Antônio Conselheiro:

> Euclides não chegou a dar importância devida aos fatores econômicos na exegese de Canudos. Quando saiu da área da interpretação geográfica e racial foi cair na explicação psiquiátrica, apoiado no maranhense Nina Rodrigues (ob. cit., p. 304).

O certo é que Euclides, aferrado à Etnologia, à Antropologia e ao estudo do meio geográfico, limitou por demais seu horizonte de observação do fato social, procurando tirar da diferença das raças e da diversidade do solo e do clima todas as razões que faziam diferir os padrões de vida do litoral e do sertão brasileiros.

Interessante observar que Euclides estuda o fenômeno que chamaríamos de sedentarização do jagunço em Canudos, operada em razão de uma fixação mítica. Justamente o inverso do que viria a realizar o genial Guimarães Rosa, que explorou o nomadismo do mesmo grupo humano.

3. NO AMAZONAS: ESCRITOR OBSTINADO, PATRIOTA INFLEXÍVEL

Teve Euclides da Cunha a incumbência de chefiar a Comissão Brasileira para, juntamente com a comissão peruana, definir as fronteiras do Alto do Rio Purus. Desempenhou o encargo, em missão atribuída pelo Ministro Rio Branco, das Relações Exteriores, com alta competência e determinação, o já famoso escritor de *Os sertões*.

Euclides da Cunha enfrentou vários empecilhos, tendo-se preparado demoradamente para bem cumprir as atribuições que lhe foram confiadas. As fronteiras com a Bolívia foram determinadas pelo Tratado de Petrópolis em 1903. Pelo tratado, o Brasil, pela conquista do Acre, retribuiu à Bolívia com outras terras medindo 3.164 km2, mais 2 milhões de libras esterlinas e a estrada de ferro Madeira-Mamoré. Já as fronteiras com o Peru se concluíram em face dos acordos firmados pelo Barão do Rio Branco com o Ministro peruano Hernan Verlarde, a 12 de julho de 1904. Para a delimitação, seguiram duas comissões mistas, brasileira e peruanas, uma rumo ao Alto do Juruá, outra em direção do Alto do Purus.

Euclides da Cunha, com o mesmo espírito de observação e largo impulso de solidariedade, confrontou-se com outro Brasil, no qual vicejava uma população tão miserável quanto a de Canudos, talvez mais exposta ainda à exploração de suas energias. É que, no mercado internacional, vigorava o comércio da borracha, extraída do látex da seringueira. E o Amazonas, especialmente o Acre, detinha, então, a quase totalidade da produção da borracha. "*Entre 1893 e 1897, ano em que começou a luta armada pela dominação do Acre, a Amazônia exportou 54.360.661 quilos do produto dos seringais,...*" (Silvio Rabelo, *Euclides da Cunha*, Rio:Casa do Estudante do Brasil, 1948, p. 308).

Euclides da Cunha almejou registrar o seu testemunho numa obra de grande dimensão, a que já atribuíra o título de *O paraíso perdido*. Na atribulada viagem que empreendeu, foi tomando notas, quer para o Relatório a ser encaminhado ao Barão do Rio Branco, quer para registrar a extraordinária faceta humana da população com que se envolvera. Já era um escritor maduro e consagrado.

Em Belém, Euclides da Cunha encontrou-se com Emílio Goeldi e Jacques Huber, no Museu do Pará. Este último o impressionou de modo especial. Em Manaus, cidade a que chegou a 20 de outubro de 1904, hospedara-se na casa de Alberto Rangel, condiscípulo da Escola da Praia Vermelha, no Rio de Janeiro (mais tarde viria a prefaciar a obra de contos de Alberto Rangel, *Inferno verde*, de 1908).

A Comissão peruana se mostrara mais bem equipada do que a brasileira. A 21 de maio, o batelão "Manuel Urbano" foi de encontro a um enorme madeiro de camarurana e naufragou. A Comissão brasileira perdeu, com isso, o seu barco de víveres. Na singradura, juntaram-se às dificuldade de navegação as de abastecimento.

Em franca vazante, primeiro houve o encalhe das lanchas "Fênix" e "Santos Dumont"; depois, as canoas subiam "a pulso" e os remadores não dispunham de compensações alimentícias. A população definhava de fome e febre. Houve 5 insurretos, mandados presos, de volta, para Cataí. A comissão se reduzira a nove pessoas.

A 18 de julho chegava a expedição à Forquilha do Purus,

somente conhecida de traficantes de caucho. W. Chandless avançara pelo braço de Cujar, como Euclides da Cunha. Mas não atingira, como este, a sua última cabeceira. Desvendara-se, assim, a nascente mais distante do Purus.

A região do Amazonas, em face de sua repentina riqueza, fora infestada de contrabandistas, aventureiros e atravessadores. Havia companhias de transportes que aliciavam milhares de famílias cearenses, fugidas da seca e da fome, para trabalharem nos seringais, mediante um regime de subordinação em nada diferenciado daquela do período da escravatura. Para Euclides, citado por Sílvio Rabelo, "*... O seringueiro trabalhando cada vez mais para ser escravo. A organização do trabalho da região, para ele, a mais pecaminosa organização de trabalho que ainda engenhou o mais desaçamado egoísmo*" (*Euclides da Cunha*, pág. 366).

Assinala Sílvio Rabelo:

> Apagadas as primeiras impressões da 'terra sem história', Euclides fixou a sua atenção sobre os rios em abandono, sobre o clima caluniado. Ele não considerou propriamente os rios nem propriamente o clima, mas o homem, a sua possibilidade de adaptação e de sobrevivência, estudando uns e outro. Depois considerou a destruição da terra, a devastação das matas, os construtores de ruínas, tudo gerando o nomadismo, a instabilidade social, o regime de escravidão. (ob. cit., pág. 374).

Vejamos um episódio muitas vezes relatado, em que é dado a Euclides da Cunha afirmar o seu patriotismo de modo desafiador. Havia um aventureiro, escravizador de índios, libertino, mantenedor de um verdadeiro harém, Elói

Barbaran, que ofereceu às duas Comissões um almoço de homenagem. Bandeiras peruanas de todos os tamanhos enfeitavam o barracão tosco. Nenhuma do Brasil. Euclides da Cunha, impulsivo, pensou em retirar-se, mas observou entre as ramagens verdes que ornamentavam as paredes algumas folhas amarelas de palmeiras, contrastantes. Antes de chegar a sobremesa, Euclides fez um discurso patriótico. Agradeceu ao anfitrião a gentileza de ter escolhido a bandeira do Brasil não "no seio mercenário de uma fábrica", mas "no seio majestoso das matas, tomando-a justamente da árvore que entre todas simboliza as ideias superiores da retidão e da altura." Elói Barbaran não se deu por achado. Respondeu: "Usted compreendió mui bién nuestro pensamiento..." (Arnaldo Pimenta da Cunha, "Exposição", em *Revista do Instituto Geográfico e Histórico da Baía,* 1919, ano XXVI, apud Silvio Rabelo, *Euclides da Cunha,* Rio: Casa do Estudante do Brasil, 1948). O mesmo episódio consta de *Um paraíso perdido*, de Leandro Tocantins, com o título "A minha terra é retilínea e alta como as palmeiras", p. 208.

Outra circunstância de heroísmo, desprendimento e patriotismo é relatada pelo próprio Euclides na conferência que pronunciou no Centro Acadêmico Onze de Agosto com o título de "Castro Alves e seu tempo", publicada no Rio, Imprensa Nacional, 1907. Dela tirou Leandro Tocantins o trecho constante de *Um paraíso perdido* a ressaltar o nacionalismo de uns poucos brasileiros, em situação deplorável, mas resolutos diante do pavilhão nacional: "As promessas divinas da esperança" (ob. cit., p. 210).

Consta que, em determinada situação, acometido de enfermidades contraídas na viagem, enfraquecido, não obstante a companhia do primo Arnaldo Pimenta da Cunha, foi-lhe sugerida a volta a Manaus, antes do término da demarcação das fronteiras. A reação de Euclides da Cunha teria sido peremptória: "*melhor seria morrer a serviço da pátria do que buscar a proteção de serviços médicos mais confortáveis*".

O projeto pessoal, posterior à Comissão do Alto Purus, seria entregar-se de corpo e alma à escrita de *O paraíso perdido*.

Deste modo, retorno às minhas vivências com a obra de Euclides da Cunha. Analisei o escritor e o cientista social no cinquentenário de sua morte (1959), voltei, em 1966, à obra de EC a fim de investigar o cientista social, tendo como apoio a edição de *Os sertões: campanha de Canudos*, Rio:Ed. Laemmert, 1966. Era o ano do centenário do nascimento de Euclides da Cunha.

No ano de 2009 enfrentei de preferência *Um paraíso perdido*, obra prometida por Euclides da Cunha antes de sua morte, em cartas aos amigos como Firmo Dutra (a 30.09.1906) e Francisco Escobar (a 13.06.1906), ao qual diz:

> Em paz, portanto, esta rude pena de caboclo ladino. Ou melhor: que vá alinhando as primeiras páginas de *Um paraíso perdido*, o meu segundo livro vingador.

Insista-se nesta afirmativa de Euclides: "o meu segundo livro vingador".

Evoco aqui as duas coleções de *Um paraíso perdido*, organizadas primeiramente por Leandro Tocantins, como "Ensaios, estudos e pronunciamentos sobre a Amazônia" (Rio: José Olympio, 2ª ed., 1994) a mim remetido com amável dedicatória do autor; outra edição de *Um paraíso perdido*, preparada pela Fundação Cultural do Estado do

Acre, baseada na obra de Leandro Tocantins, acrescida de cartas de Euclides da Cunha constantes de *Euclides da Cunha a seus amigos*, de Francisco Venâncio Filho, vol. 142 da Coleção Brasiliana, São Paulo:Companhia Editora Nacional, 1936.

Em síntese: Euclides da Cunha, como cientista social, superou o estudioso de gabinete pela observação participante, curioso da miséria humana. Nisso, realizou a autocrítica do republicano exaltado, todavia conservador, que abrigava dentro de si. Graças ao convívio com as ideias mais humanitárias, abandonou aos poucos a influência do racismo convencional e preconceituoso, do Conde de Gobineau a Ludwig Glompowicz. Contribuiu para o seu avanço político e cultural a presença sempre amiga de Francisco Escobar, em São José do Rio Pardo, com quem manteve ativa correspondência ao longo da vida.

Aliás, o escritor integrava de tal modo a vida de Euclides da Cunha que, em todas as suas atividades, compunha o seu modo de ser e sua visão do mundo. Assim, Ciência e Arte se completavam na integração da sua personalidade. Com o passar dos anos nota-se que no seu espírito evoluía a hegemonia das Artes. Os seus acertos maiores provieram desse lado, com a abertura de seus conceitos para a contemporaneidade da questão social. Enquanto a Ciência apontava-lhe o campo desfalecido e morto do passado, no qual se depositavam as velharias superadas, a barbárie e a prepotência, as Artes abriam-lhe as paisagens do futuro promissor, em que rutilavam as esperanças da solidariedade humana.

Euclides da Cunha chegou a vislumbrar o Socialismo como força exponencial de agregação dos homens para a construção de uma sociedade mais justa.

Os jagunços de Canudos e os seringueiros do Amazonas fizeram-no voltar-se para as camadas espoliadas da nacionalidade. O seu amor pelo Brasil levou-o a verberar as leis, os usos e os costumes que subtraíam dos humildes os direitos mais elementares. Euclides da Cunha, aos poucos, foi deixando de enfatizar o embate das raças, para concentrar-se na luta de classes como o motor da desigualdade brasileira, foco de todas as violências.

Em face da escravidão que contemplara na Amazônia, solicitou, para o país, "*uma lei de trabalho que nobilite o esforço do homem*". Desse modo, persistia nele o mesmo ardor com que fundara em São José do Rio Pardo o clube "Os filhos do Trabalho", sociedade de beneficência. Assinaram a ata de fundação, a 25 de setembro de 1900, além de Euclides, os amigos Francisco Escobar, Pascoal Artese, Lafaiete de Toledo, Adalgiso Pereira, José Honório de Silos e alguns outros "avançados".

Euclides da Cunha, em 1901, divulgou um manifesto em que propunha, entre outras reivindicações, a organização do trabalho como único fator de riqueza; a fixação de oito horas de jornada; a criação de tribunais arbitrais para dirimir as questões entre patrões e operários; pensão para inválidos; casa operária; nacionalização do crédito e medidas repressivas contra a usura; imposto sobre a renda; substituição das Forças Armadas pelo povo armado; instrução e justiça gratuitas; emancipação da mulher e o divórcio. Vejam bem: ano de 1901! Hoje várias de suas reivindicações, após muita luta e sofrimento, foram atendidas.

O cientista/escritor não se conformava com a existência do latifúndio monocultor na Amazônia. Conforme exprime em *Contrastes e confrontos,* no capítulo "Um velho problema":

> Realmente, as catástrofes sociais só podem provocálas as próprias classes dominantes, as tímidas classes conservadoras, opondo-se à marcha das reformas – como a barragem contraposta a uma corrente tranquila pode gerar a inundação. (cf. *Euclides da Cunha – Obra Completa*, Rio de Janeiro:Aguilar, 1966, vol. I, pp.195-196).

Aliás, é em *Contrastes e confrontos* que encontramos a reprodução do agudíssimo artigo de Euclides da Cunha, primitivamente publicado em *O Estado de São Paulo*, a 21 de outubro de 1901: "Fazedores de desertos". É tão atual e profundo que deveria ser reproduzido e distribuído a todas as escolas públicas e particulares do Brasil, como leitura obrigatória dos estudantes. Fala dos incêndios e das queimadas na Amazônia. Recorda:

> Foi a princípio um mau ensinamento do aborígene. Na agricultura do selvagem era instrumento preeminente o fogo. (ob. cit., p. 182).

A seguir, prossegue:

> Veio depois o colonizador a copiar o processo. Agravou-o ainda com se aliar a sertanista ganancioso e bravo, em busca do silvícola e do ouro.

Registra os diferentes tipos de exploração da terra, inclusive as explorações "mineiras a céu aberto". Condena "tais selvatiquezas (que) atravessaram toda a nossa História". E prossegue:

> Mais violentas no Norte, onde se firmou o regímen pastoril nos sertões abusivamente sesmados, e desbravados a fogo – incêndios que duravam meses derramando-se pelas chapadas em fora – ali contribuíram para que se estabelecesse, em grandes tratos, o regímen desértico e a fatalidade das seçcas. (cf. ob. cit., p. 182).

Recorda ainda que "a temperatura altera" e vai progredindo seu estudo, numa linha admirável, que encanta, instrui e serve hoje, mais de um século após, de comezinha lição aos brasileiros de todos os tempos.

Que pena que Euclides da Cunha, cujo testemunho da vivência amazônica se inscreve nas obras *Peru versus Bolívia* (1907), *Contrastes e confrontos* (1907), *À margem da História* (póstuma, 1909) e no *Relatório da Comissão Mista Brasileira-Peruana de Reconhecimento do Alto-Purus e Notas complementares* (1906), não tenha podido concretizar "*o meu segundo livro vingador*", segundo escreveu a Francisco Escobar.

Na mesma carta, Euclides da Cunha apensou a seguinte reflexão, com que fechamos esta referência ao prodigioso pensador e homem de Letras brasileiro: "*se o fizer, como o imagino, hei de ser (perdoa-me a incorrigível vaidade), hei de ser para a posteridade um ser enigmático, verdadeiramente incompreensível entre os homens...*"

CAPÍTULO III

A prosa opulenta

BENEDITO NUNES, NOSSO MAGNO PENSADOR

Benedito Nunes* e eu somos contemporâneos e, muitas vezes, cruzamos nossos caminhos em publicações nacionais ou em concursos literários. Desde os prêmios *Nestlé* a gente se conhece. Visitei-o em Belém do Pará, quando lá estive a dar um breve curso de Literatura a convite do poeta João de Jesus Paes Loureiro.

Escrevi acerca do ensaísta e do pensador. Comentei na Revista *Colóquio/Letras* o estudo fundamental de Benedito Nunes acerca da obra de Clarice Lispector. Mais tarde, tratei, no Suplemento da *Folha de São Paulo*, da coletânea *Crivo de papel* (S. Paulo: Ática, 1998), estudo que acabei reproduzindo, com algumas correções, na Revista da Academia Paulista de Letras, nº 119 (junho de 2003), com o título "Benedito Nunes e o Pensamento que se Mundifica".

Em homenagem ao notável crítico, ensaísta e pensador brasileiro, reproduzo ambos os meus trabalhos, acrescentando a tudo o meu abraço de elevada estima intelectual.

Clarice Lispector, segundo Benedito Nunes

Diante da moderna ficção brasileira, a crítica literária tem-se voltado de modo especial para as obras de Guimarães Rosa e Clarice Lispector, como expoentes de

---

*Benedito Nunes nasceu em Belém do Pará, aos 21 de novembro de 1929, e faleceu nesta mesma cidade em 11 de fevereiro de 2011. (N. do E.)

um novo estádio da expressão narrativa. Nos últimos tempos, a obra de Autran Dourado tem conquistado igual destaque.

Simultaneamente, no esforço de atualização do aparato crítico, vamos encontrar em Benedito Nunes, ensaísta e professor de Filosofia da Universidade Federal do Pará (UFPA), um dos mais respeitáveis, quer pela agudeza de percepção do fenômeno literário, quer pelo acerto de seus juízos. Conhecedor do cenário intelectual europeu, tira proveito dessa experiência sem se mostrar um cativo irrefletido das novidades nem um caudatário deslumbrado das matrizes dominantes. Procura usar a cultura sem dependência ideológica.

Daí podermos dizer que a complexa elaboração de Clarice Lispector encontrou finalmente um dos seus intérpretes mais penetrantes. Quem conhece a trajetória da ficção de Clarice Lispector, que tem por ponto inicial *Perto do coração selvagem*, de 1944, sabe que gradualmente o discurso abstrato – extraído de circunstâncias particulares, mas dirigido a um interlocutor genérico e referido a universais da condição humana – vai-se apossando do corpo narrativo, até obliterar o enredo e marginalizar a personagem. Desse modo, o texto da romancista tende a virar um puro discurso literário, que tem por base a reflexão filosófica acerca do estar-no-mundo como uma surpresa e um risco permanentes.

Ora, a acuidade especulativa de Benedito Nunes haveria de ser a resposta mais adequada às propostas repetidamente desafiadoras da narrativa de Clarice Lispector, já que, para usarmos as categorias de Roland Barthes, na ficcionista brasileira, salvo alguns contos, os índices predominam sobre as funções cardinais. Vale dizer: a espessura psicofilosófica domina o texto. Desse modo, a própria obra cria ou sugere ou inspira o método de sua análise.

Talvez os aplicadores mecânicos de conceitos de linguistas, mitólogos, antropólogos e psicanalistas, ou de modelos derivados, jamais pudessem iluminar e interpretar tão bem a obra de Clarice Lispector.

O trabalho de Benedito Nunes oferece perfeita unidade: toma cronologicamente a obra analisada – de *Perto do coração selvagem* até *Felicidade clandestina* – e investiga a evolução de seu substrato formal, que tem por finalidade manifestar o caminho de um questionamento básico, narrativo/ existencial. É que Clarice Lispector, perceptiva dos caminhos da prosa contemporânea, narra o drama do narrador e, posteriormente, da narrativa, tomando consciência crescente do fenômeno. Enquanto isso, o *pathos* existencialista do desgosto de viver, a vida como uma "paixão inútil".

O ensaio de Benedito Nunes organiza criteriosamente a imagem da transposição da matéria ficcional para o campo da indagação especulativa acerca do valor existencial da palavra e do silêncio na obra de Clarice Lispector. E mostra o desvio que a ficcionista realiza em sua filosofia existencialista, cuja transcendência se opera pelo misticismo. O crítico paraense enfrenta com incrível habilidade as discussões filosóficas e teológicas que servem para aclarar o significado da obra literária.

É bem verdade que, por vezes, o excesso de remissões a autoridades naqueles campos torna a leitura de Clarice Lispector mais lenta e pesada. O mesmo se diria de certas recorrências reiterativas do texto analisado, de algumas paráfrases utilizadas para dar ênfase ao ponto de vista do intérprete. Mas tudo isso é indicativo da seriedade com que Benedito Nunes se desfaz do encargo de investigar a obra da ficcionista. E é compensado pelo conhecimento final da extrema unidade do estudo e das persuasivas conclusões.

Desde o início o crítico chama a atenção para a confusão entre o discurso do protagonista e o discurso do narrador:

> O papel da protagonista, tanto em *Perto do coração selvagem* como em O lustre, excede a função de um primeiro agente, que apenas conduz ou centraliza a ação. Ela é a origem e o limite de perspectiva mimética, o eixo através do qual se articula o ponto de vista que condiciona a forma do romance como narrativa monocêntrica, isto é, como narrativa desenvolvida em torno de um centro privilegiado que o próprio narrador ocupa. Em suma, a posição do narrador se confunde ou tende a confundir-se nessa forma, com a posição da personagem. (ob. cit., p. 13).

Mais adiante (p.16) Benedito Nunes mostra que o sujeito-narrador "está comprometido com o ponto de vista da personagem", tirando conclusões que irão servir à avaliação global da obra de Clarice Lispector.

Assim, ao comentar *A paixão segundo GH,* esclarece que "nesse romance em primeira pessoa o narrador e a personagem formam uma só e mesma instância. O sujeito que narra é o sujeito que se desagrega. E, à medida que narra a sua desagregação e se desagrega enquanto narra, o sentido de sua narrativa vai se tornando fugidio." (ob. cit., p. 65)

Ao tomar *Uma aprendizagem ou o livro dos prazeres*, Benedito Nunes aponta com agudeza a abertura que tal romance apresenta na evolução dos questionamentos de Clarice Lispector:

> Mas enquanto *A paixão* foi uma desaprendizagem das coisas humanas, *O Livro dos prazeres* é, sem abstrair as verdades trágicas daquela experiência, uma recuperação corajosa do sentido da existência individual. (ob. cit., pp. 75/76).

A seguir, Benedito Nunes vai condensando as conclusões de seu pormenorizado exame da obra de Clarice Lispector e, chamando atenção para o monocentrismo reaparecido em *A paixão*, quando o sujeito se faz personagem e mostra a sua máscara de escritor, ou quando "o romance narra o seu próprio fracasso; o fracasso da história, a dissolução do romanesco" (ob. cit., p. 151), nos dá uma de suas chaves interpretativas: "A verdade de Joana, de Virgínia, de Lucrecia Neves, de Martim e de GH é a verdade do escritor, a quem pertence a paixão da existência e da linguagem que lhes tinha sido delegada." (p. 151). Daí "a obra de Clarice Lispector, que se desliga do mito e se volta sobre si mesma, participa desse esvaziamento do romanesco na literatura contemporânea". (p. 154).

O crítico destaca de *A paixão* uma quase orientação estética de Clarice Lispector: "Manifestar o inexpressivo é criar", e sublinha alguns pontos de vista da romancista em *Legião estrangeira*:

> Então escrever é o modo de quem tem a palavra como isca: a palavra pescando o que não é palavra. Quando

essa não-palavra morde a isca, alguma coisa se escreve. Uma vez que se pescou a entrelinha, podia-se, com alívio, jogar a palavra fora. Mas aí cessa a analogia: a não-palavra, ao morder a isca, incorporou-a.

A última parte de Clarice Lispector – "O movimento da escritura" – é quase apoteótica. Vale a pena ler todo o ensaio para penetrar a sua significação final.

A nosso ver, faltou maior aprofundamento na análise dos contos e, principalmente, nas implicações ideológicas contidas em *Laços de família* (que, certa vez, contrapomos às implicações míticas de Guimarães Rosa em *Primeiras estórias*). Assim, o asserto da p. 97, que difere a perspectiva de Clarice Lispector da sartreana e sustenta que "a perspectiva mística suplanta a existencial inerente à temática da obra", tem validade para os romances, mas não pode fazer lei para os contos. O mesmo diríamos quanto à análise da presença dos animais na obra de Clarice Lispector, "os únicos seres vivos que escapam ao estatuto geral de coisa" (Clarice Lispector, p. 127). Em algumas passagens, certo animismo confere aos animais um destino análogo ao humano ("A galinha"). E não vemos como restringir a importância dos cavalos em "A cidade sitiada" (eles, como as pessoas, vão sendo desterrados pelas máquinas e os edifícios; enfim, a "civilização").

A revisão tipográfica não faz jus ao trabalho de Benedito Nunes, que nos dá um dos momentos altos da crítica literária brasileira.

Benedito Nunes e o pensamento que se mundifica

Crivo de papel (S. Paulo, Ática, 1998) reproduz o que há de mais denso e constante na obra de Benedito Nunes. O ponto de partida, seminal, é a Filosofia. A outra face do vasto campo de interesse do crítico constitui a Literatura. A preocupação mais envolvente de Benedito Nunes é, na Filosofia, a obra de Heidegger, da qual tem sido, no Brasil, um dos mais autorizados analistas. No campo literário, ocupa-se primordialmente de Guimarães Rosa e Carlos Drummond de Andrade, sem descurar Fernando Pessoa que lhe oferece sínteses adequadas e epígrafes às indagações filosóficas. E agrega, ainda, ao *Crivo de papel*, penetrante e oportuno balanço da historiografia literária brasileira. Outros estudos se organizam no interior da obra, como a visão de Sócrates, sob a vigilância de Valéry, a investigação da Música entre as Artes, e a exploração de temas como a História, a Ética, o Tempo e a Poesia.

Crivo de papel, na primeira parte, que compreende dois terços do trabalho, visita e revisita o pensamento de Heidegger, no que este apresenta de mais instigante, quando propõe a confluência de Teologia e Filosofia. Na verdade, particulariza o que há de mais agudo nas digressões do filósofo alemão, não sem deixar à mostra os condicionamentos e as contradições que fazem vibrar a sua trajetória especulativa. Vê-se claramente o difícil caminho palmilhado por Heidegger no sentido de livrar-se da Teologia como fundamento da Filosofia e, após, Deus, como razão primeira e, por último, de Cristo, como representação da verdade.

O tema, ventilado no primeiro ensaio, cresce de

importância no segundo, "O último Deus" que, em realidade, não encerra a investigação. Antes, sugere o advento de nova manifestação de Deus. Uma espécie de "Second Coming" como se exprime no célebre poema de W.B Yeats: *Surely some revelation is at hand.* Após citar Heidegger e o estudo *Schelling,* em que se diz "Toda Filosofia é Teologia"..., e mencionar a Escolástica, Benedito Nunes sintetiza:

> Teríamos, então, três Teologias: a neotestamentária do Deus encarnado, a natural do *Theos*, ente supremo representado como a causa, e a dos deuses, de subsistência narrativa mítica ou poética. (ob. cit., p. 33).

Não se esgota aí o rico estudo de Benedito Nunes. No séquito do pensamento de Heidegger, mostra como, neste, "A Teologia cristã se apodera da Filosofia grega", pois se trata da "cristianização de uma teologia não cristã." (ob. cit., p. 34).

O autor de *Crivo de papel* ainda acrescenta:

> Sintonizado à morte nietzschiana do Deus cristão, o ateísmo heideggeriano responsabilizaria o cristianismo como força coadjutora do niilismo, engrenada, na vertente da história moderna do ser, ao processo de secularização que trouxe a fuga dos deuses. (ob. cit., p. 35).

Heidegger responsabiliza o cristianismo, ao expulsar do mundo os deuses pagãos, pela perda do Sagrado, pois a desdivinização (Entgötterung) promove a debandada dos deuses (Flucht der Götter). E, a determinado momento, realiza a conexão da arte com o sagrado. Mas o principal argumento que Benedito Nunes ressalta em Heidegger constitui a vinda do último Deus, "cujo advento se subtrai à previsão e ao cálculo": "... ele se manifesta no aceno que lhe dá essência." (ob. cit., p. 41). No fundo, o que se nota, em Heidegger, é a nostalgia de um Deus qualquer, como processo organizador da explicação do mundo. Mas, como pontua Benedito Nunes, "do divino nada podemos predicar". (ob. cit., p. 59).

Na sequência, em "Do primeiro ao último começo", Benedito Nunes explora ainda as indecisões de Heidegger, valendo-se inicialmente das críticas de Rudiger Safranski, que "acusa Heidegger de pôr em prática um *dadaísmo metafísico e teológico*" (ob. cit., p. 45).

No conjunto de trabalhos aglutinados sob o título "Poesia e filosofia", Benedito Nunes nos oferece, em particular, uma análise da Música perante a Estética. Mostra que o século XVIII privilegiou a arte da palavra, a Literatura, que sempre supera a Música. Vale-se de Kant e Hegel, para, opondo-os, realçar a importância dessa última:

> Vendo na Arte a manifestação sensível das ideias, Hegel valorizou a música em função dos mesmos aspectos que levaram Kant a rebaixá-la no conjunto da criação artística. Os sons, porque imateriais e fugidios, têm mais afinidade com o substrato espiritual da realidade, que é função da Arte manifestar, do que a pintura e a escultura. (ob. cit., p. 76).

O ensaio "Música, filosofia e literatura" é dos mais belos da coletânea. Termina reivindicando a função suprarracional da Música, que se consagra como organizadora do Tempo.

Indo além, Benedito Nunes revela que:

> Abstraindo-se esse ideal romântico, que esquecia tudo quanto a música tem de convencional, para considerá-la uma espécie de fluxo cósmico, Schopenhauer abriu caminho à moderna fenomenologia da percepção da obra musical.

E prossegue na análise, invocando o drama wagneriano e, a seguir, Baudelaire, Mallarmé e Verlaine:

> Verlaine e Mallarmé quiseram estabelecer não apenas a convergência, mas também a coincidência entre música e poesia. (ob. cit., p. 79).

O bloco seguinte trata de História e Filosofia, e começa pelos "Conceitos fundamentais da Metafísica". Curiosamente, as palavras que mais vigoram são o *tédio* e a *melancolia*. Mais uma vez, Heidegger está no centro, a discutir a crise do mundo moderno: ciência sem poder, arte sem aura, filosofia sem fundamento e religião impotente. O capítulo final "Tempo e História: Introdução à crise" postula considerações ligadas ao título e invoca o testemunho de Kant:

> O homem é o sujeito dessa universalidade que só pode vingar quando, ao agirmos, tomamos cada indivíduo e nós mesmos sempre como um fim e jamais como um meio. (ob. cit., pp. 152-153). (...) Consequentemente, a questão da unidade da espécie é prática, ética e política, e não histórico-teórica: ela concerne a um empenho pela autonomia moral e jurídica do homem, sujeito de um Estado de Direito e membro de uma comunidade internacional. (ob. cit., p. 153).

Para arrematar seu estudo, Benedito Nunes recorda a falência contemporânea de duas ideias: a do progresso e a da revolução.

O bloco posterior contempla "Leitura e Críticas". Mais uma vez se encontram em evidência Heidegger e Kant. O autor indaga da natureza da Arte e apoia-se em Kant, para quem a Arte vem a ser "um querer que funda seus atos sobre a razão." (ob. cit., p. 190).

O tema da Ética ocupa importante espaço na obra de Benedito Nunes. Há, em Heidegger, duas éticas, segundo Zeljko Loparic: uma, situacional do projeto, e outra, destinamental; ambas de habitar, de morar. A casa do ser, para Heidegger, é a linguagem. Curiosamente, Henriqueta Lisboa denominou *Pousada do Ser* uma de suas coletâneas de poemas. E, quando cuidamos do Deus filosófico, tão dolorosamente perdido, evocamos estes versos da poeta, em "Sofrimento" (*Flor da morte*, 1945-1949): "O que se perdeu foi pouco./ Mas era o que eu mais amava."

Que dizer da especulação filosófica de Benedito Nunes? Além de apontar a crise da Filosofia, como o faz especificamente em "A Filosofia e o milênio", tem-se a sensação de transitar num labirinto. Louvem-se a beleza da exposição e a contribuição à Estética, em especial nas questões sobre a natureza da Arte, quando aborda o pensamento de Kant e Heidegger. No mais, são trabalhos mais expositivos do que conclusivos. Na linha de Heidegger, para quem "o mundo não é, mas se modifica." (ob. cit., p. 114). É bem verdade que, no mesmo terreno, Santo Tomaz de Aquino acabou por desistir de fechar a *Summa Theologiae* e a Escolástica, depois de séculos de *distingo* e de explorar o axioma de que o conhecimento advém dos mananciais da razão e da revelação, terminou por condenar-se à inanição. O cristianismo trouxe uma antecipação teleológica extraterrena para escapar ao sonho racional da felicidade para todos dentro da finitude do ser humano. Já a alternativa pragmática do pensar filosófico de Marx caiu, em alguns pontos, no campo da eficácia política em transformar o mundo, ficando à deriva as especulações sobre o ser.

A última parte de *Crivo de papel* incide na produção literária propriamente dita. O estudo sobre a historiografia literária do Brasil é dos mais interessantes. Percorre os principais momentos do esforço historiográfico entre nós, com olhar crítico e desvendador. Aponta agudamente a contribuição do "contraditório movimento romântico", assinala a importância do Instituto Histórico e Geográfico Brasileiro e analisa as diferentes tentativas historiográficas até *A formação da literatura brasileira* de Antonio Cândido.

A seguir, Benedito Nunes publica um ensaio de admiração em "*De Sagarana a Grande sertão: veredas*". E conclui-se o *Crivo de papel* com o estudo "Aceitação da noite", acerca da poesia de Carlos Drummond de Andrade, em que se assinala, nela, além do lado solar, aquele, noturno, no qual se encena o drama da vida e a finitude humana. Acaba por explorar a "musa filosófica" do poeta mineiro. Portanto, na parte final da obra, Benedito Nunes se entrega mais à leitura interpretativa do que crítica. No aspecto meramente editorial do livro, passaram alguns cochilos tipográficos e à bibliografia faltou inserir Zeljko Loparic e Rudiger Safranski. O autor inexplicavelmente cai na armadilha da palavra "reversão", por "inversão", muito popular hoje em dia (ob, cit., p. 68). Nada disso desqualifica a obra, verdadeiramente ímpar na história e crítica de ideias.

GALVEZ, IMPERADOR DO ACRE*

Pode parecer paradoxal, mas a saída para o impasse da Literatura Brasileira terá de ser uma volta aos textos simples e despretensiosos. A insatisfação com os processos rotineiros, inerente ao espírito de vanguarda que predominou a partir dos anos 50, fez frutificar a ideia antípoda de satisfação e, até, entusiasmo com as ousadias incompetentes. Muita gente acha que pode conquistar as glórias de Machado de Assis ou de Guimarães Rosa sem o esforço e o preparo que ambos se impuseram. Bastaria aplicar os truques da *vanguarda,* supostamente liberadores de um inconsciente fertilíssimo. E tome inovação!

O resultado foi a inflação de textos/enigmas, de insuportável solipsismo. O primarismo experimentalista fez abrir o armazém de inutilidades: trocadilhos a varejo, aliterações por atacado, grafismo delirante, lixo do vanguardismo superficial.

Precisamos de oxigênio para o ambiente rarefeito que a saturação de importações apressadas impôs ao nosso cenário intelectual. É surpresa agradável, por exemplo, ler um romance alegre e mordaz, proveniente do Amazonas: *Galvez, Imperador do Acre* (Manaus, 1976) de Márcio Souza.

Imaginem só um amazonense sem telurismo, sem estilo/cipó e, como diz a apresentação do *folhetim*, sem *"humanismo lacrimejante".* Graficamente agradável, pobre de recursos tipográficos, papel ordinário, o romance possui a atraente

* In LUCAS, Fábio, *Crítica sem dogma*, Belo Horizonte, Imprensa Oficial do Estado de Minas Gerais, 1983, pp.113-116.

feição da Literatura de Cordel. Lê-se de um salto, tal a empolgação que transmite. O tom é de pilhéria e chiste, é derivado da picaresca.

Os traços ibéricos são notórios em *Galvez, Imperador do Acre*. Mas os aspectos cômicos da narrativa não deixam de conduzir um realismo crítico, desde que projeta um modelo de ascensão ao poder nas humilhadas repúblicas latino-americanas. Tudo na base de corrupção, sensualismo desregrado e gestos de opereta. Não é sem propósito que o *herói* do folhetim comande um exército de sátiros e as francesas do *"Commedien Tropicale"*.

Não se trata, a nosso ver, de uma narrativa populista.

Márcio Souza denota uma vivência literária de boa contextura. Seu livro está cheio de remissões a autores clássicos, embora tudo se apresente diluído no clima de irreverência e descompromisso.

Como romance de aventuras, mais propenso a deleitar que instruir, *Galvez, Imperador do Acre* não oferece caracteres possuídos de dúvidas metafísicas, mas uma galeria de tipos mais ou menos convencionais, todos ridículos no plano das aspirações. O narrador em primeira pessoa que, por vezes, é também narrado por uma voz impessoal, tem por único compromisso viver ao sabor dos acontecimentos. O acaso o impele às circunstâncias.

Seu trajeto passa por Belém, Manaus e o Acre. Alguns *flashesback* o remetem à Espanha, à Itália, como se fosse para grafar os sinais do pícaro e da opereta. A apresentação inicial do *folhetim* não deixa margem a equívocos: trata-se da *"burlesca conquista do Território Acreano"*, contada... *"para a delícia dos leitores"*.

Num ritmo alucinante, o relato vai misturando História

e estória, construindo jocosamente o modelo latino-americano. A época é a do "boom" da borracha (há sempre um *"boom"* para os subdesenvolvidos se divertirem). Os agentes da História/estória são gente fina: embaixadores, governadores, artistas, damas da sociedade, religiosos. Os nacionais estão no poder e os estrangeiros são ingleses e estadosunidenses. Enfim, o *high society,* a turma do lazer, rodeada de prostitutas, francesas ou polacas.

Curioso é que agora, com a implantação da Zona Franca e com os incentivos da Suframa, novo *boom* é experimentado por Manaus. Significativamente o Teatro Municipal foi reaberto, assim como a universidade. A elite local, mais uma vez, está sintonizada com o consumismo internacional. A cidade não dispõe de cinturão verde; leite, carne e hortigranjeiros vêm de fora. O comércio expandiu-se, novos empregos foram criados. Daí poder o *manauara* de hoje analisar criticamente o repentino florescimento do antigo "boom" e a desilusão que se lhe seguiu.

Em *Galvez, Imperador do Acre*, o Teatro Municipal de Manaus comparece de modo mitológico. É visto por um cientista inglês como artefato espacial, obra de geração extraterrestre. Sobre ele são transcritas duas conferências, crônicas e imaginosas. Valem como sátira ao falso cientificismo de que a Amazônia tem sido vítima secular.

O surto da borracha havia inspirado um livro dramático, *A selva,* de Ferreira de Castro. Agora inspira uma narrativa folhetinesca, satírica, jovial, desopilante.

Desconhecemos os precedentes literários de Márcio Souza. Tudo indica tratar-se de um escritor consciente, amadurecido, preparado para a expressão artística. Possui a acelerada imaginação narrativa de um Rubem Fonseca.

Sabe encadear uma intriga, manter o leitor atento para o espetáculo verbal, trouxe um pouco de alegria para a nossa Literatura, tão melodramática, tão infestada de miséria e de escritores taciturnos. A única faceta a lamentar em *Galvez, Imperador do Acre* é a desastrada revisão tipográfica, algo calamitoso. Daí, talvez, a inclusão despropositada, na 1ª *Parte* (sic) do livro, que abrange o período narrativo de novembro de 1897 a novembro de 1898 (p. 9), da data de episódio ocorrido a 16 de setembro de 1899 (p. 49).

Outros enganos podem ser apontados, mas alguns devem fazer parte do tom zombeteiro com que o livro é escrito. Por exemplo, há uma *"analfabeta" que "lê"*, uma gentil senhora, neta de um Governador do Estado: *"Era bonita, analfabeta e mal informada, passava os dia (sic) encerrada em sua casa, bordando e lendo textos idiotas"*. (p. 172). Como o nosso país é mesmo assombroso, quantos alfabetizados haverá em nossas estatísticas que nunca leram nada?

Fique claro que *Galvez, Imperador do Acre* não se presta à oposição maniqueísta entre literatura digestiva e texto hieróglifo. A enganadora transparência do enredo não deve dispensar o leitor de atingir camadas mais profundas de crítica ao ambiente amazonense e de sátira às obras que tentaram reproduzir aquele ambiente.

TRAÇOS DA FICÇÃO DE LINDANOR CELINA*

Lindanor Celina conta já com larga experiência na arte da narrativa. Sua obra apresenta notável coesão, na medida em que reflete no romance, por homologia, o conflitivo ambiente do seu Estado natal, o Pará.

A literatura da Amazônia compreende uma história singular de nossa evolução ficcional.

A interação homem-natureza ali é de tal forma exuberante que os escritores não escapam do estigma de retratar os conflitos humanos perante o mistério das condições ambientais, sempre determinantes.

E mais: se o espaço geográfico é rígido às motivações volitivas das personagens, mais inflexível se mostra a estrutura social que a herança histórica impôs à região.

O patrimonialismo fundiário deitou raízes tão profundas na Amazônia que a conduta humana ali se rege por estilos comportamentais que reproduzem e aprofundam o poder dominante.

Deste modo, poderosa rede de intrigas se distribui nas organizações sociais mais elementares, de tal modo que os menores gestos de convivência resultam em controle estreito e fatal. Cada ator do drama cotidiano acaba escravizado aos parceiros e, ao mesmo tempo, fiscal e algoz dos demais.

Lindanor Celina há muito vem desenvolvendo sua força

---

* Prefácio à obra da paraense Lindanor Celina "Eram seis assinalados". Belém:Editora CEJUP, 1994 . (N. do A.)

narrativa na análise das relações amesquinhadas pela predestinação social.

Mesmo a sua ficção de caráter urbano não perde o aspecto de investigação sobre a herança cultural que condiciona a conduta das personagens.

O envolvimento dos processos educacionais, legais, administrativos e religiosos realiza a armadilha que aprisiona as personagens ansiosas de liberdade.

O tema de *Eram seis assinalados* não passa de um discurso sobre a liberdade. A personagem central, a jovem Irene, não deixa de ser instrumento do determinismo psicossocial reinante em Itaiara.

Como entidade forte, caracterizada por uma auréola de beleza, competência e aptidão para os grandes feitos humanos, Irene traz consigo a marca do herói problemático e, ao mesmo tempo, o sinal de quem deve suportar a fúria do destino.

Sobre ela se abatem as forças mais terríveis do poder conservador. O primeiro deslize valeu-lhe um vendaval de infortúnios.

É a história desta figura de exceção que constitui esta narrativa, a terceira de uma trilogia que Lindanor Celina vem arquitetando.

Assim, na primeira, *Menina que vem de Itaiara*, desponta a meninice de Irene, a visão do seu pequeno mundo, o ingresso no Colégio Santo Amaro, em Belém, seus primeiros anos na cidade natal.

A segunda, *Estradas do tempo-foi*, obra premiada, se cogita de Irene no internato, mundo diverso do seu.

Por fim, *Eram seis assinalados*. O leitor haverá de entender o ritmo lento da narrativa, a viscosidade com que se apresenta, numa técnica próxima do *nouveau roman*, ao dar passagem aos solilóquios e alocuções imaginárias das personagens envolvidas. São razões diretoras das decisões, sua justificativa em nível do consciente. Rígida é a crosta do superego.

Toda essa coletânea de manifestações não passa de urdidura da pavorosa rede de racionalidades que torna imutável o poder estabelecido. O diz-que-diz, a fofoca, os conselhos, o império do senso comum, as restrições moralísticas, as minicomunidades intercomunicantes, tudo está a serviço do mesmo produto: o controle social.

A jovem Irene, idealista, generosa, despolitizada, cai fácil no fundo da rede inexorável. Aí está a arte de Lindanor Celina.

O leitor haverá de deliciar-se com os coloquialismos tão bem utilizados pela romancista. E se encantará com imagens, símiles e metáforas que povoam a narrativa, de grande referencialidade regional.

Há momentos de alto lirismo nesta história dramática. Veja-se a qualidade da prosa de Lindanor Celina:

> No começo da rua aquele moço, rapaz de andar mais que vistoso, vaidoso era? Veio vindo que nem um astro, não que fosse alto, nem espadaúdo, nem louro, mas os dentes dele relampeavam, como se tivesse a boca cheia de cravos brancos, e o andar, a modo que dançava, se o Sol dançasse. Seria um dançador, o mestre-escola? Nem nunca. Logo ele.

E ainda: colhem-se do romance trechos preciosos de análise psicológica e, mesmo, de investigação social.

Quando o bispo, europeu de origem, adventício, expõe suas razões íntimas, não deixa de marcar a diferença de culturas. E refere-se à gente brasileira de um modo sintético e preciso:

> Os brasileiros são ótimos, mas desconfie da primeira impressão. Aquilo é fogo-de-palha, tudo vira Carnaval, quando se pensa poder contar com alguém a sério, cadê? Mais nenhum. Do fácil entusiasmo, a generosidade irrefletida que nem é virtude e, sim, consequência de um modo de viver, uma alegria quase sem motivo, e o eterno jeito de resolverem o mais intrincado problema em passe de mágica.

Bastante rico este romance de Lindanor Celina. Traz, mais uma vez, uma contribuição valiosa à literatura realizada na Amazônia. Os valores sociais se distribuem nos dizeres dialogados ou monologados das personagens.

Na verdade, *Eram seis assinalados* relata o drama de uma queda. O microcosmo familiar gira em torno de Irene. Ao todo, seis pessoas. A seguir, entremostra os caminhos da redenção. O rendilhado da prosa de Lindanor Celina adiciona ao relato o poder da consciência verbal de sua região. É ler para crer e admirar.

SOBRE *CONTOS INOCENTES*

Contos inocentes representam a soma da sensibilidade poética com a solidariedade social. A autora, Arlete Nogueira da Cruz*, em poucas e escolhidas palavras, se manifesta em forma de fábulas ou alegorias. Ora realiza a narrativa de cunho moral, ora revigora as matrizes da sabedoria popular. Sua vocação, no fundo, é a do conto filosófico. Existe uma força estetizante na forma com que a escritora se propõe a reorganizar o universo. O conto *O galo,* por exemplo, executa a apologia da beleza e da justiça. *O enigma* trabalha a hipótese da epifania, súbita iluminação que visita o ser humano, ainda que este esteja imerso na pobreza. Por vezes, Arlete alegoriza o seu território natal. Ou mesmo o Brasil, como em *A serpente* e o *touro.* O mais frequente é que procure o ser da beleza, da imaginação e do poder criador da palavra. *O olhar da rã,* por exemplo, que se associa a *A casa de Joana,* que versa sobre o mundo encantado da leitura. O forte desta escritora reside também na observação da injustiça social. Daí a inclinação para a fábula ou mero desenvolvimento de um epigrama. Daí também o tom de *A caçadora,* de *O anel* e de *A mulher cega,* este, sim, incorporando o aforismo milenar de que a justiça é cega. Mas, sempre, em Arlete Nogueira da Cruz, o elogio da beleza, da vitória da harmonia, da simplicidade e do espírito transcendente. A coletânea se fecha magnificamente com um miniconto, *A ave,* que tematiza o primado do sonho. Deste modo, *Contos inocentes* concretizam o passeio de uma fina sensibilidade pelo mundo marcado pelo desconforto da injustiça e da violência.

---

* Arlete Nogueira da Cruz nasceu em Cantanhede, Estado do Maranhão, em 1936. (N. do E.)

CAPÍTULO IV

A Poesia da Amazônia

JOÃO DE JESUS PAES LOUREIRO

"Altar em chamas"

Os passos de João de Jesus Paes Loureiro rumo à expressão poética foram-se tornando cada vez mais seguros e conscientes. *Altar em chamas* (Rio de Janeiro: Civ. Brasileira, 1983) constitui o ponto terminal de uma trilogia, cujo primeiro impulso foi *Porantim*, arregimentação da mitologia em que a percepção lírica do poeta se formou: a busca da origem, a procura de um vocabulário e de uma sintaxe para resguardar uma herança mágica ameaçada culturalmente.

A seguir veio *Deslendário*. Não mais o deslumbramento com o mundo submerso, mas a observação crítica dos avanços de uma nova barbárie: a do direito de propriedade sobre a terra, contra a posse ancestral sem direito, perpetuada pelos usos e sacralizada pelos deuses. Ali, na aguda visão do poeta, o império da cobiça invade o reino da inocência, ampliando o vasto território interdito em que o país vai-se transformando.

Por fim, *Altar em chamas*. Curioso invocar a consciência, quando a matéria tratada é toda ela de mitos e de simbolismo inconsciente. Mas Jesus Paes Loureiro, a cada obra, foi dominando cada vez mais a arte do fazer literário, a ponto de, muitas vezes, refletir sobre a inocuidade da voz do poeta ante a transformação da Amazônia num território conflagrado. A consciência, portanto, reflete a posse dos meios de expressão, a técnica literária propriamente; e a tal ponto que o poeta se permite ter como referente ora o desconcerto do mundo, ora a força da poesia ao denunciar os desacertos, seguida de sua fragilidade em promover mudanças. E mais: o poeta explora as categorias substanciais do discurso, como instaurador do ser do próprio poeta. "Espelho", por exemplo, ilustra este campo polifacetado.

O título *Altar em chamas* é muito próprio. Se o altar é o lugar institucionalizado para um culto, temo-lo aqui "em chamas". Sente-se, na orientação temática do poeta, o propósito dessacralizador quer da herança imemorial (daí, o "deslendário"), quer dos avanços da "modernidade" e do "progresso" que, destruindo o culto da natureza, a este sobrepõe o altar dos valores burgueses, no qual se sacrificam cotidianamente a liberdade e a justiça.

Altar em chamas cogita especialmente da expressão urbana do projeto vital. Daí, o largo espaço concedido a Belém como realidade social e como imagem afetiva. O registro da mundivivência paraense se mescla à problematização do "eu lírico" do poeta: sua mutilação, seus estigmas existenciais, seu impasse edipiano.

Deste modo, João de Jesus Paes Loureiro orquestra uma grande variação temática, ao lado de cambiantes soluções formais. Poemas de largo arcabouço estrutural se alinham ao lado de pequenos e sintéticos artefatos, denotando a grande versatilidade do poeta, que tanto se exprime em amplo ritmo, quanto na curta medida do verso.

Altar em chamas, portanto, constitui o registro de uma crise, o desempenho de uma elevada competência verbal.

A captação do ambiente urbano faz emergir na poética de João de Jesus indicadores vocabulares que remetem a determinado espaço do atlas linguístico. Um espaço visivelmente problematizado pelo tempo, ou seja, pela razão histórica. Exemplar é o caso de "Operários": primeiro, o poeta constrói uma visão bucólica, a fim de, a seguir, contrastá-la com a realidade das personalidades anônimas, os operários. E estes, no seu ofício de sobrevivência, regem-se por movimentos mecânicos, assemelhados aos produtos que sua força de trabalho faz gerar.

Ali, a estratégia lexical carrega-se de astúcias, de forma que, sobre o significado literal de cada palavra, deslizem os conteúdos semânticos, na articulação dos quais mesmo o leitor colabora, sentindo a própria inteligência estimulada.

Percebe-se, finalmente, o nexo entre "o perfil neoclássico das igrejas", com que o poema se abre, evocando uma das forças com que a civilização moderna se construiu, e o "perfil" dos operários, emoldurados anonimamente em seu trabalho.

Repetidas vezes o artista empunha a voz coletiva, como se fosse intérprete da urbe ameaçada:

> Não somos contra nada.
> Somos à margem de tudo...,
> Nossos sonhos, tropel, cavalos abatidos apodrecem ao relento.
> E, no entanto,
> buscamos a possível solução.
> (poema "Escadaria do Teatro da Paz. Primeiro Degrau")

A mesma sensibilidade para o conteúdo urbano pode ser encontrado em "Receita marginal", a que se acrescenta uma dose de sarcasmo e de grotesco que ocorre em outros poemas, definindo, na verdade, a nota de estranhamento da poética de *Altar em chamas*.

A consciência do social integra até a faceta mais íntima do lirismo de João de Jesus Paes Loureiro. A celebração afetiva que faz de Belém não impede a visão crítica do choque de culturas. Bem claro se vê isto em "Os sinais":

> onde boiava o Boto e seus mistérios, boiam caixas e
> gangrenas, detergentes;

Da mesma forma, em "Crepuscular", cuja situação poética já evoca um momento de pessimismo e de descrença nos poderes da cidade, surpreendemos a majestade dos valores religiosos paulatinamente sendo destronada:

> Cristo caminha nas ruas
> animal urbano
> sem auréolas
> sem numens
> sem arcanos.

E o poeta, na mesma composição, trabalha a dúvida que inspira a consciência crítica:

> Quando nos embriagaremos com a esperança
> sem ser na mesa do bar?...

Altar em chamas abre-se e fecha-se com apontamentos líricos. A face mais espessa do livro carrega-se de intenção confessional. Assim como no exterior o poeta contempla a erosão das culturas e o triunfo do pior aspecto da civilização burguesa, para a exposição da vida interior retrata uma crise.

Três poemas combinados, "Espelho", "Em crise" e

"Fazer o poema" compõem o panorama deste aspecto da obra.

"Espelho", por exemplo, reflete a precariedade da expressão poética; mas se abre, igualmente, à capacidade regeneradora do fazer artístico, quando o poeta percebe a própria fragmentação interior:

> Até que possa reunir
>   verso por verso
> esse espelho de mim hoje quebrado...

A reflexão projeta-se em "Em crise", conservando-se o mesmo tom elegíaco que preside boa parte dos poemas de *Altar em chamas*:

> Tempo tão curto para arte tão longa.
> O que tenho perdido
>   nas antessalas do verbo
> voo antes da asa
>   cova antes da casa.

Por fim, "Fazer o Poema" explora a nostalgia de o homem ter sido Deus algum dia, contraposta à precariedade da militância no cotidiano: "cada minuto é uma epopeia triste", sente o poeta. A seguir, exclama: "Ah! por que me deste um dia a eternidade, para com isso tirá-la para sempre?"

O poema encerra uma profissão de fé no sentido autoconstrutor da palavra, uma das tônicas que o livro deixa entrever: "Desisto de ser Deus. Escrevo-me. Então, existo. Resisto..."

A crise do Eu se processa também em *Altar em chamas* quando o realce recai sobre a motivação erótica. Vida e morte são aspirações expressas com a mesma ênfase. Poemas como "Eros nº 1" e "Amor" constituem celebrações felizes do impulso sexual. Já "Elegia urbana" constitui uma mensagem crepuscular, exprime o temor da morte.

Mesmo considerando-se a variedade da forma do conteúdo poético tão vário, a análise lexical de *Altar em chamas* permitirá obter algumas recorrências à volta da expressão contextual urbana: ave, garça, gaivota, lua, sol, mar; alguns elementos conceituais se agregam, como o tempo, o passado, o tédio, a solidão e, principalmente, a função da palavra e a essência da poesia.

A mitologia amazônica concorre com forte peso vocabular. Mas se estrelaça a valores da cultura ocidental e até à formação intelectual do poeta: há remissões a autores e versos famosos, num diálogo com a literatura tradicional.

Estilisticamente, um recurso ganha preeminência: o tropo da exageração, a hipérbole levada até à fronteira do grotesco. A camada de estranhamento em João de Jesus Paes Loureiro se vale de certa distorção imagética próxima do espírito surreal.

No poema "Elegia urbana", mencionado, encontram-se passagens deste teor:

> O martelo ave-maria
> prega escuras tábuas no esquife
> – crepúsculo.

E, adiante, encontramos:

Quatro horas,
a hora mais cruel.
Trovões arrastados pela cabeleira
atados no cilício dos cometas...

Torna-se fácil colecionar exemplos em todo o livro, tão abundantes eles se manifestam. Assim, em "Ruas", temos "mangueiras esculpidas pelo vento" e, a seguir:

A noite, escadaria das horas,
sobe lentamente
– Penélope com seu tear de estrelas.

No final do poema, o exótico volta à imagética da composição:

Entreaberto vou catando pelo esgoto
entre velhos piolhos
a poesia perdida.

Em "Largo do relógio", temos "o diálogo, entre dentes, do silêncio/ consigo mesmo ... "

E o "Bar do parque" inicia-se assim: "A tísica noite cospe a madrugada." Em "Noturno do Ver-o-peso" vê-se: "O dia retardava suas odes" e "o vento fustigava as rugas do mistério".

Tais figuras, encarregadas de encarecer o vigor da expressão literária, dão eloquência ao discurso, ampliam sua capacidade de comunicação. O poema "Contemplação do rio" termina assim:

Tatuado de poentes
o horizonte
recebe no seu colo a estrela fêmea.
Ah! esta solidão feita de luas quebradas...

Há momentos hiperbólicos curiosos. Por exemplo, em "Ruas Vazias", o primeiro verso é: "A solidão que a todos com sua flecha tomba." Mais adiante, encontramos: "A noite com fratura exposta." Prosseguindo, dá-se com:

O mugido da noite agonizante
nos primeiros ônibus do dia.

Finalmente, para encerrar esta cadeia de exemplos, mencionemos o poema "Epifania negativa", em que a técnica animista e a conjugação metafórica oferecem imagens alucinantes do poeta no seu habitat urbano, perante a "inexorável esfinge do progresso". A parte final diz:

Um cão urina em torno do silêncio.
De pálpebras incendiadas

o poente
olha do fim da rua.
Ao longe
na Baía do Marajó
– verso voando –
a gaivota oferta à tarde navegante
a curvatura do mar...

Altar em chamas, portanto, quer a uma análise lexical, quer a um estudo morfossintático e estilístico, encerra qualidades poéticas e ideológicas que nos transmitem a imagem de uma sensibilidade crítica, oposta ao mundo que se transforma sem justiça, sacrificando liberdade e corações.

"Pentacantos", o poema dos poemas

O encontro com *Pentacantos* de João de Jesus Paes Loureiro pode reconciliar o leitor com a poesia. O livro é um destaque na obra do poeta paraense. E é um insinuante caminho dentro da labiríntica produção literária do País.

Cinco cantos se organizam para compor esta obra marcante. A grande metáfora que a atravessa é a palavra fundadora da poesia. Habilmente o poeta explora os signos da Retórica, conciliando-os com os códigos do amor e da vida.

Fica proposto, portanto, um jogo intenso entre as palavras e os seus referentes, como se o poeta, ave canora, brincasse de errar em pautas diferentes, puxando os significados ora para a sua expressão literal, ora para o seu universo simbólico.

Com que poder de invenção e descoberta:

> Eros é dança.
> Tânatos remansa. (canto I, frag. IV)

Os cantos dão ênfase à vida e aos mistérios de sua renovação:

Todo começo é recomeço,
toda partida, regresso. (canto I, frag. IV)

O frag. V do canto I dimensiona a travessia do poeta no mar das palavras. Vê-se um Ulisses em busca das "Ítacas do canto", depois de "lutar pela infiel beleza/ contra as troias do estilo." O poema relata, na verdade, a invenção do ser em estado de poesia, "na loucura divina".

Quem se detiver nos *Pentacantos* haverá de observar uma sutil cadeia de signos de ardente ambiguidade, que ora remete o leitor para os jogos e a dança de Eros, ora o desperta para a lembrança da arte poética e de suas armadilhas e alçapões.

E, como se trata de uma viagem no mundo encantado da palavra, há de o leitor precaver-se contra o canto das sereias, o embalo hipnótico da música. Além do apelo gráfico e da sedução conceitual, os poemas de Paes Loureiro se apoiam no efeito sonoro:

(...) os versos fiam a seda em que a poesia
tecendo e destecendo
          fidelíssima
aguarda seu senhor
– o leve e alado ser alado e leve... (canto I, frag. XI)

Passado o canto I, de exaltação do verbo e da vida, chega-se ao canto II, quando a dimensão do *tempo* se insinua, somada às evocações do rio, do mar e de seus afluentes semânticos (v. frag. V).

E a cidade – construção humana – é vista como vivência de um poema:

A cidade é fundada no poema.
Entre oráculos, metáforas, versos, ruas
leitores percorrendo estrofes, casas,
nasce a palavra cão e morde o olhar. (canto II, frag. XI)

E, no canto III, mais avança a escalada do tempo, agora em versos memoráveis, em que a força do ser se alteia: fantasias eróticas, louvação da vida.

Todos somos um pouco em tua morte
Tempo! (canto III, frag. IV)

Poeta lírico por excelência, Paes Loureiro traz à sua construção do canto o tema do amor e sua memória literária:

E Beatriz caminha na memória
onde em alvas infâncias me banhava.

A trilogia anterior do poeta – *Porantim*, *Deslendário* e *Altar em chamas* – trouxe ao leitor a paisagem amazônica e sua mitologia, da terra ao rio, do rio à cidade e ao mar. Pois bem. Neste *Pentacantos* temos agora o suporte lendário no canto IV, guardando a mesma atmosfera criativa da presente realização.

E o canto V efetiva a apoteose de todos os cantos: o mar, o amor, o tempo e as letras. Veja-se:

Oh! recorrente mar!
Oh! grito oval azul! (canto V, frag. VI)

E depois, o fragmento XII, em que o poeta, com extrema astúcia, labora com as letras da palavra "amor" uma inventiva exploração do sentido erótico projetado no jogo lúdico.

E, após, o tempo, novamente:

> Tempo: estás onde não estás!

Tempo e eternidade, poesia e amor: eis os temas de sempre, iluminados por uma concepção singular de Paes Loureiro. A poesia, entre nós, retoma o seu leito eterno e *Pentacantos* é um exemplo.

O UNIVERSO DE FERREIRA GULLAR*

Apresentação da poesia de Ferreira Gullar

Não será fácil apresentar, em breves traços, as principais características de uma obra tão complexa, marcante, densa e variada como a de Ferreira Gullar.

Escrevi, em 1995, um ensaio intitulado *Jorge de Lima e Ferreira Gullar: o longe e o perto* (Brasília, Thesaurus, 1995), no qual procuro mostrar como Jorge de Lima surgiu contemporizando com um modelo antigo, o Parnasiano, aproximou-se do moderno e, ao fim da vida, sublimou a herança, dando um toque atualizador aos cânones passados.

Com Ferreira Gullar, vimos como ele nasce moderno, com *A luta corporal* (1954), e até inovador, mediante a expressão concreta e neoconcreta (1957-1958), abraça a tradição do poema narrativo, imitação dos *Romances de cordel* (1962-1967) e, posteriormente, do poema discursivo, como é o caso do *Poema sujo* (1975), culminando com os experimentos da meta-linguagem, visíveis de modo especial em *Na vertigem do dia* (1975-1980) e *Barulhos* (1980-1987).

---

* No presente ensaio sobre temas "amazônicos", Fábio Lucas inclui autores nascidos em estados que não integram a região hoje conhecida como Amazônia. Tal ampliação, historicamente, faz sentido; basta lembrar que o Maranhão, onde nasceram Ferreira Gullar (1930), Nauro Machado (1935) e Arlete Nogueira da Cruz (1936), teve a sua capital São Luís transferida, em 31 de janeiro de 1751, para Belém do Pará, passando a chamar-se Província do Grão-Pará e Maranhão. (N. do E.)

Hoje eu diria que a aventura literária de Ferreira Gullar se aproxima, meramente no plano da busca da expressão estética, da irrequieta abertura para novos caminhos que foi a carreira de Cassiano Ricardo. O que eu quero indicar é que ambos passaram por várias subcorrentes do estilo de época predominante. Cassiano Ricardo durante o período modernista e Ferreira Gullar durante a era pós-modernista.

Ao assinalarmos a estreia de Ferreira Gullar, enumeramos os seguintes aspectos do novo poeta:

1) O registro da crise do espírito se mistura com a ânsia de inovar. Reconhecia-se a perda da totalidade intensiva, própria da epopeia, e o ganho da fragmentação, extensiva ao discurso, motivado pela nova busca da harmonia. Que harmonia? Para os tempos conturbados em que surgia o poeta, a que reunisse as duas filhas da beleza: a ética e a estética.

2) O controle da claridade iluminista, regida pela razão, por intermédio da expressão enigmática, circunstancialmente hermética.

3) A vocação para a poesia especulativa e determinado culto do orfismo, pelo qual a vitória do "canto" e da "palavra" redime o homem e sobrepuja a morte.

4) A recusa do efeito alcançado pelo acaso, artifício do Dadaísmo, de larga aceitação entre os experimentalistas. Consequentemente, a poesia de Ferreira Gullar, desde os primórdios, exclui a representação neutra ou absenteísta.

5) A exploração dos mitos de origem, principalmente daqueles soprados da infância. Ao lado dessa pesquisa, outra se mostra e se prolonga em toda a sua obra: o mito da construção do ser com a palavra. Mas, nesse caminho, a procura não é linear nem silogística. Oferece-se como um

poliedro, uma descontinuidade, uma formulação onírica, de fundamento surreal. A imaginação se apresenta livre, solta como se florescesse no âmbito das crianças e dos loucos.

O Surrealismo em Ferreira Gullar, todavia, é acidental, ocorre como variante do modo de afirmar o primado da descontinuidade e da dispersão. Por isto, o poeta se mostra mais como operador da linguagem do que como um subordinado às energias da inspiração.

6) A prática da desfamiliarização da palavra, da desautomatização de seu uso. Na parte final de *A luta corporal* assiste-se a uma desconstrução gramatical e uma tentativa de invenção de signos a poder de jogos gráficos e sonoros.

Mais tarde, chegou-nos a oportunidade de efetuar uma análise do conjunto de poemas reunidos em *Toda poesia* (Rio, J. Olympio, 1980, 5ª ed., revista e aumentada). Pudemos agregar à investigação anterior considerações acerca de outros aspectos da obra de Ferreira Gullar.

7) A sedução pela poesia engajada, visível de modo particular em *Dentro da noite veloz* (1962-1975), cuja expressão mais enfática ia alojar-se no poema que dá título à coletânea. Na verdade, um acabado canto de celebração de Che Guevara, em tom elevado, verdadeiro estudo da universalidade da morte do herói.

8) A importância temática e formal contida em *Na vertigem do dia* (1975-1980), pontilhado de explorações do espaço e do cromatismo.

Por último, apontamos, em *Barulhos*:

9) A reiteração de poemas que impliquem uma arte poética, já fortemente assinalável no amplo processo metalinguístico de *Na vertigem do dia*. Por vezes, o poeta junge à

concepção do poema a visão escatológica com que se compraz em contemplar a degenerescência das coisas. Seria o caso do poema "Desastre", de *Barulhos*.

Finalmente, desejo referir-me a um estudo ainda não realizado e que explore a visão fenomenológica de Ferreira Gullar. Será nessa investigação que se dará a superposição do crítico de arte sobre o poeta. Em toda a sua obra literária nota-se um olhar devastador da intimidade dos objetos, uma espécie de animismo espacial que convida o leitor a uma operação fenomenológica.

Podem-se enumerar vários poemas que, em verdade, propõem aqueles parênteses da análise fenomenológica. Põe-se o objeto entre parênteses, destituído de seu conteúdo contextual, das convenções relacionais. Depois de considerá-lo na essência e equididade, quase sempre em situação de dualidade, em que se parte do que o objeto *não é,* e se chega ao que ele é (ou pretende ser), abrem-se os parênteses como se liberam as comportas emocionais: o objeto se deixa impregnar de sentimentalidade. Cito os poemas que me levaram a esta sugestão: "As peras" e "Frutas" de *A luta corporal*, "Bananas podres" e "O espelho do guarda-roupa" de *Na vertigem do dia*; "Desastre" e "O cheiro da tangerina" de *Barulhos*.

Só para exemplificar, digamos que em "Bananas podres" estas se opõem, ou deixam de ser, *mar azul,* enquanto, em "o cheiro da tangerina", busca-se, antes de tudo, excluir o reino mineral, contraditando-o às propriedades de aroma contidas nas frutas. A essência do objeto é, assim, buscada sob o ponto de vista de sua negatividade.

Quando uma poesia propõe tal riqueza de temática, como ocorre com a obra de Ferreira Gullar, é sinal de que ela se consagrou como um desafio permanente aos estudiosos. Vista de outro modo, tudo indica sua perenidade.

Perspectivas de "A luta corporal"*

Com a edição comemorativa dos 40 anos do lançamento de *A luta corporal*, celebra-se o advento da curva histórica necessária à crítica disposta a avaliar a coletânea que lançou o poeta Ferreira Gullar.

O impacto de *A luta corporal*, na carreira do autor, equipara-se ao surgimento de *Psicologia da composição* na trajetória de João Cabral de Melo Neto, na medida em que anuncia uma personalidade distinta e um poeta diferente à comunidade intelectual do país. No plano do conteúdo, apresentam-se de sinais trocados. João Cabral aponta para a negação da poesia e Ferreira Gullar indica a primazia do canto.

Todos sabemos que inexiste obra literária sem antecedentes e que toda literatura vem a ser uma remissão disfarçada a obras anteriores. No caso de *A luta corporal*, percebe-se um estuário de correntes poéticas que inclui contrastes barrocos, desatavios modernistas e premonições formais de vanguarda. Enfim, no fundo e na forma o conjunto de poemas registra uma crise do espírito misturada a uma ânsia de inovação. Com o tempo, a obra se tornou a marca de uma geração.

---

* LUCAS, Fábio, *Lições de literatura nordestina*, Casa de Palavras-Fundação Casa de Jorge Amado, Salvador, 2005.

Por cima da reciclagem de resíduos poéticos de tendências contemporâneas, surpreendemos uma elaboração lírica de inquietante originalidade. Ferreira Gullar utiliza a sua arte para denunciar vínculos com uma totalidade perdida. Enquanto a era da epopeia anunciava o anseio de captar na expressão poética uma totalidade intensiva, a poesia moderna tentava refugiar, nas ruínas do discurso totalizador, as particularidades dominantes, evocadoras de um mundo que se fragmentou.

A luta corporal testemunha, de certo modo, a crítica do discurso logocêntrico, sem, todavia, desesperar do controle formal da liberdade de expressão. Podemos dizer que Ferreira Gullar conduz a manifestação poética para além dos limites racionais. Há nele uma parcela de negatividade crítica que o coloca distante do instrumentalismo verbal. A luta pela expressão significa, na sua obra, o desespero para cobrir o hiato entre a emoção e a palavra.

A sua vida artística posterior confirmou a imanência, em seu espírito, da busca de uma harmonia para o universo. Harmonia que reúna em si as duas filhas da beleza: a ética e a estética, conduzidas ambas pela lucidez. Entenda-se: a luta corporal é simbólica.

É curioso notar, já em alguns poemas de *A luta corporal,* que o *trobar clus* ou as unidades de cunho hermético ou enigmático sejam amenizados pelo exercício da razão, como se, numa era de inspiração neobarroca, optasse pelo conceptismo. Notam-se frinchas de claridade dentro de certas passagens obscuras.

É inegável sua vocação para a poesia especulativa. Há mesmo momentos em que a aproximação a Fernando Pessoa seja inevitável: é quando o poeta faz a apologia dos objetos desprovidos de seu itinerário conceitual; como os formaliza Alberto Caieiro: "O único mistério é haver quem pense no mistério." Veja-se esta passagem de "O trabalho das nuvens":

A tarde é
as folhas esperarem amarelecer
e nós o observarmos.

E o mais é o pássaro branco que
voa-se que só porque voa e o vemos,
voa para vermos. O pássaro que é
branco
não porque ele o queira nem
porque o necessitemos: o pás-
saro que é branco
  porque é branco.

E, a seguir, o princípio do poema "As peras", inigualável:

As peras, no prato,
apodrecem.

O relógio, sobre elas,
mede
a sua morte?

A clarividência de Ferreira Gullar se revela igualmente na recusa à exploração do acaso, artifício dadaísta de larga extração pela voga experimentalista.

A moderna concepção da arte exige que ela traga em si, na sanha de comunicar-se, ora um anúncio, ora um apelo carregado de afetividade. Há sempre um grau de afetividade no discurso literário, pois inexiste representação neutra. Ferreira Gullar privilegia o lirismo, uma vez que a arte se lhe apresenta como expressão de sentimento individual profundo. Entretanto, o seu lirismo é direcionado mais pela inteligência do que pelo sentimentalismo.

Sua verbalização poética se organiza, inicialmente, em torno de mitemas de raízes psicológicas, colhidos na infância. Em seguida, a experiência vivida se apoia em mitos que exprimem a precariedade da construção do ser pela palavra. No fundo, mitos e palavras encerram a verdade do poeta. Formam a intimidade que transita no discurso/expressão do sentido da vida e das coisas. Mas a tonalidade é labiríntica, expande-se em construção de variada procedência, marcadamente de cunho surreal. Observe-se:

O girassol
vê com assombro
que só a sua precariedade
floresce. Mas esse
assombro é que é ele, em verdade.

(Do poema "O mar intacto").

Ou, ainda:

o ilícito sol
da lepra acesa da pele. (Do poema "O inferno")

A contribuição do surrealismo à atmosfera cultural em que floresceu FG se deve à pratica da liberdade da imaginação, caminho, segundo os surrealistas, da felicidade. Daí o privilégio que concediam à infância e à loucura, situações supostamente de plena felicidade, já que ali a imaginação corre solta. O poeta transformaria o mundo pela emoção. Fabrica sonhos e liberdade. Breton acreditava nos poderes heurísticos e revolucionários da palavra.

O leitor de *A luta corporal* haverá de espantar-se com a sua riqueza imagética. Não, entretanto, de um imagismo descontrolado, ao modo de certas experiências do surrealismo, apologetas do fluxo verbal sem peias. O surrealismo em FG é acidental. Ou, melhor: ocorre como variante do jeito destorcido de constatar o primado da descontinuidade e da dispersão. Ou no ato de simultaneamente retirar e conferir significado às palavras.

FG se apresenta como operador da língua, mais do que um poeta exposto às energias da inspiração. Evita fazer do poema o sonho de um louco como quer a tese platônica, ou o onirismo doentio, *aegi somnia.* Não. Seu poema, já no nascedouro, é fruto da inteligência em atividade lírica. Sua poética coloca-se entre a espontaneidade e a normatividade. Apresenta-se ora livre, como requer a tendência moderna, ora obediente às regras e convenções, como postula a tradição clássica. Uma espécie de simetria desfocada.

É que não é raro surpreendermos a inextricabilidade do conteúdo em contraste com a regularidade do discurso, operando-se a dissonância ou a tensão dissonante, com o que se cobra do leitor uma atitude ativa. O leitor participar do afã de dar sentido aos símbolos.

Temos, em vários momentos de *A luta corporal,* um animismo particular; na verdade, o poeta não empresta alma às coisas de maneira sistemática, mas toma de todas parcelas da alma que se constrói. Ou seja: os objetos entram na dança de exprimir a condição humana.

É importante assinalar, em *A luta corporal*, a variedade formal, mais efervescente que a multiplicidade temática. A obra é contemporânea da confusão da prosa com a poesia, tendência longamente amadurecida na arte ocidental. Os simbolistas foram mestres nos poemas em prosa e o séc. XX, nos seus albores, consagrou a prosa poética. Para Croce não há gêneros literários, todos os textos são poéticos.

No caso de FG, melhor dizer da confusão de poesia e prosa. Ou, ainda: aliança da poesia e prosa na pauta do estranhamento, lugar magnético do confinamento dos objetos estéticos, mantidos apartados dos objetos cotidianos.

É que o poeta se revelou mestre na arte de desfamiliarizar as palavras, de desautomatizar seu uso e, consequentemente, sua percepção. Nos últimos poemas de *A luta corporal* assiste-se a uma desconstrução da gramática, uma invasão do território das palavras não catalogadas, uma invenção de signos, um letrismo desesperado, busca de alcançar o não-dito, o inefável. Observem-se os poemas "Há os trabalhos e (há) um sono inicial", "Roseiral", "O inferno", "Finda o meu sol" e "Negror d'origens", pontilhados de jogos gráficos e sonoros.

Em algumas ocasiões, o texto de FG desliza numa ordem prosaica. Mas o poeta não faz o seu poema redizer o que a prosa já disse. A "prosa" de FG toma o curso da poesia, segue o seu preceito. É nítido não haver referencialidade na poesia de FG, mas aventura da linguagem. Poder-se-ia mesmo dizer que o poeta, na linha de Michael Hamburger *(The Truth of Poetry)*, busca palmilhar o caminho da verdade apoiado no paradoxo da palavra.

Quem ler cuidadosamente *A luta corporal* haverá de notar

certas convergências lexicais que fazem um sistema imagético baseado em palavras/chave que se tornam emblemáticas: fogo, água, terra e ar e suas variantes semânticas. Na verdade são os quatro elementos fundamentais da tradição filosófica. O curioso é analisar como elas se associam. O quadro das significações é ilimitado.

De um modo geral, podemos estabelecer, na seleção do repertório, algumas oposições que reforçam o significado. A primeira delas será aquela que denota o contraste entre a vida e a morte. É frequente que termos como "fogo", "luz", "fulguração", "calor", "verão", associados a "flor", "primavera", "rio", "água", "mar", "rosa", "canto" e "grito" indiquem a vida, o desejo e a sexualidade. Tamanha é a frequência da simbolização ligada à luz e ao fogo, que poderíamos nos socorrer dos estudos seminais contidos na obra do filósofo francês Gaston Bachelard, propositor do "racionalismo aberto" e da poética dos elementos naturais, dentro do imaginário humano sem fronteiras. Seria o caso de invocar-se *La Psychalyse du Feu* (1937). No poema "Inferno", FG chega a categorias extremas como "FOGO DO FOGO" e ao tropo de exageração: "o fogo queima o fogo".

De outro lado, "pó", "noite", fome" e suas variantes apontam para a negação da vida, ou seja, a "morte", multipresente. Por vezes repontam em *A luta corporal* os sintomas juvenis do medo da morte. O poema "O anjo" incorpora o "tempo mágico" e, por fim, humaniza o mito, dotando-o de mortalidade, atributo dos homens:

O anjo é grave
agora.
Começo a esperar a morte.

A consciência da morte é altaneira, dramatiza o discurso humano. No final da "Carta do morto pobre", que integra "Um programa de homicídio", encontra-se: "O homem é grave. E não canta, senão para morrer". E, no fecho do canto de nº 4, temos: "O que somos não nos ama: quer apenas morrer ferozmente". Coroa o conjunto da composição o relato da metamorfose, categorizada no versículo final: "e cada fato é já a fabricação de flores que se erguerão do pó dos ossos que a chuva lavará, / quando for o tempo". Nota-se no episódio de nº 5, a trama da metamorfose. Culmina tudo, no trecho final, nº 6, *a solidão*, astro-rei de uma paisagem desoladora, "a solidão da palavra", a" solidão do objeto".

Há outras oposições. Podemos observar em *A luta corporal* a intromissão de certo orfismo, pelo qual a vitória do "canto" e da "palavra" redimem o homem e sobrepujam a morte. O poeta se distancia do *tropo* "inania verba". A propósito, um dos pontos altos de *A luta corporal* vem a ser o poema "Galo galo", magistral a muitos respeitos. O antropomorfismo domina a composição. E também a cadência. Até os seres inanimados "sentem": "O cimento *esquece*/ O seu último passo" (grifo acrescentado). A tensão crescente do poema testemunha o conluio do ritmo e da arquitetura morfossintática com a dramaticidade. O galo expele o seu fruto extremo, o grito, como se árvore fosse. No poema "Fala" pressentimos o conúbio do real com a palavra talvez fundadora, esta, do real:

Onde a luz da palavra
torna à sua fonte,
detrás, detrás do amor,
ergue-se para a morte, o rosto.

A dinâmica da coletânea de poemas abre espaço para algumas idealizações (nas horas mais pessimistas até para a idealização do vazio), e, na expressão da urdidura amorosa, para a edificação do mito da mulher ausente. Com efeito, o "eu lírico" de alguns poemas não deixa de consignar a destruição que oferece ao espírito a ausência da pessoa amada.

Logo no pórtico de *A luta corporal*, FG apresenta os "Sete poemas portugueses", que incluem, no de nº 5, um soneto cuja chave de ouro é "eu colho a ausência que me queima as mãos." E, no poema 8, registra as "sombras insonoras/de ausências."

Em face de sua visão de mundo carregada de positividade (a negatividade, quando aparece, é crítica, visa ao desmonte dos padrões que obstruem o curso da vida), nota-se, desde o início, certo voluntarismo que transcende a aceitação passiva do desastre. É o que diz o final do poema 6: "eu mesmo juntarei a estrela ou a pedra/que de mim reste sob os meus escombros." E o poema 9, terminal dos "Sete poemas portugueses", encerra-se dinamicamente: "O mesmo vento/que impele a rosa é que nos move, espelho!" Oportuno assinalar a presença, no poema 4, do pequeno verso "Fonte, flor em fogo", densamente motivado pela aliteração. E significativo para quem conhecer toda a obra *A luta corporal.* As três unidades significativas, "fonte", "flor" e "fogo" constituirão sintagmas estratégicos do discurso literário de Ferreira Gullar. Servirão para conduzir aspectos entusiásticos da alma ou situações de glorificação da vida, reforçadas sempre pelo contraste estabelecido com outros morfemas carregados de significação derrogativa.

Quem estudar o universo imagético de *A luta corporal* haverá de pontuar outra característica de sua dinâmica, além do voluntarismo indicador de positividade: a permanente presença da ideia do movimento e da transformação. Já no poema 7 dos "Sete Poemas Portugueses" se denuncia o recurso ao tropo da mudança geral das coisas, de corte heraclítico:

> Entre o que é rosa e lodo necessário
> passa um rio sem foz e sem começo,

Em "Um programa de homicídio", tem-se: "O homem caminha. É um rio andando. É uma árvore, andando. A lama, andando; sol, andando. O homem é um peixe de cabelos e morte clara. Os pés no chão."

O poeta por vezes paga tributo à noção idealista de que a essência pode ocultar-se por detrás da aparência, já que o absoluto repousa na ideia, além das formas. Vejam-se estes versos de "O mar intacto": "despreza o mar/que amas, e só assim terás/o exato inviolável/mar autêntico."

A ressonância do mesmo princípio encontra-se no trecho seguinte, buscado no poema "O trabalho das nuvens": "Só à margem da tarde/é que se conhece/a tarde."

Os hiatos de expressão surreal mostram-se pontilhados de beleza. Revelam a adequação da linguagem do poeta à busca do indizível, do insuspeitável miolo da essência.

Trazem ao leitor o poder da imaginação criadora, como estes dísticos de "Na minha irascível pátria":

> Nos fundos lagos o dia move
> seus carvões enfurecidos;

ou, para concluir:

> O silêncio sustenta caules
> em que o perigo gorjeia.

Não é por acaso que encontramos, no poema "Há os trabalhos e (há) um sono inicial", uma assertiva que assentaria como epígrafe a uma coletânea surrealista:

> Cristais da
> ORDEM
> tresmalham.

A crise de expressão se demonstra, como dissemos, na variedade formal e na confusão entre poesia e prosa. O poeta chega a conceber, com "O quartel" , algo que se assemelha a uma peça teatral, com um dialogismo muito particular.

É sabido que os gregos não dissociavam a poesia da declamação. Daí ser congenial à expressão poética a declamação, já de si cênica. Com "O quartel", FG logra o dramático ao enunciar sucessivamente os interlocutores e suas 'falas'. No registro final, "ergue-se o canto dum galo". Isto após a derradeira 'fala', que evoca o 'verde fogo' da 'grama'. O 'fogo' e o 'galo' novamente voltam ao cenário dos primeiros inventos do poeta.

Todas as virtudes apontadas evidenciam a ascensão do poeta no panorama literário brasileiro. O sistema imagético baseado em vocábulos cibernéticos, reiterativos, desdobra-se em novas aventuras da linguagem. A combinação inicial de certa evasividade tensa do neobarroco com projeções cerebrais prenuncia o grande poeta experimentalista, lírico e social da maturidade. Do recanto alegórico de *A luta corporal* é que Ferreira Gullar alçou a voz que vem povoando a atenção nacional e desafiando a crítica por mais de quarenta anos. Daí é que ele partiu para liderar uma geração, formar sua consciência de escritor, ramificar-se em outras aventuras da inteligência e impor-se como uma das expressões mais autênticas da poesia brasileira contemporânea.

Visitação à poesia de Ferreira Gullar

Após deter-me nas "Perspectivas *de A luta corporal*" (LUCAS, Fábio, *Lições de literatura nordestina*, Coleção Casa de Palavras-Fundação Casa de Jorge Amado, Salvador, 2005), julgo oportuno acrescentar uma informação acerca de *Toda poesia* (GULLAR, Ferreira. Rio de Janeiro:J. Olympio, 5ª ed., 1991).

Ocorre-me proceder a um voo diacrônico por sobre a obra do poeta, a fim de apontar, nesta imensa paisagem de mutações formais e temáticas, alguns aspectos salientes ou algumas peculiaridades que afetaram a minha sensibilidade.

Nenhum poeta chega a celebrizar-se sem construir uma trajetória de tentativas e hesitações. Cumpre ao analista perseguir, tanto quanto possível, o roteiro das invariantes ou o fio que atravessa toda a coleção de poemas. São propriedades do discurso que o tornam distinto e novo, afinações que apontam para a originalidade e a competência verbal do artista, motivações que o acompanham.

Deste modo, desejo perpassar sucintamente o grande estuário de *Toda poesia* de Ferreira Gullar.

O vil metal (1954-1960) retrata um período de transição próximo da crise. O poeta, que se havia atirado à grande aventura de *A luta corporal*, desmantelando estruturas lexicais e nexos sintáticos, se permite indagar da contextura do ser. O poema "O sopro" acena com um grupo de sinais, cujo vértice se orienta para a própria nomeação do poeta:

> Poderia escrever na pedra
> meu nome
>   *gullar*
> Mas eu não sou uma data nem
> uma trava no quadrante solar
> Eu escrevo
>   *facho*
> nos lábios da poesia
>   *lepra*
>   *vergigem*
>   *cona*
>
> qualquer palavra que disfarça
> e mostra o corpo esmerilado do tempo
>
>   *câncer*
>   *vento*
>   *laranjal*

A coleção se encerra com o "Réquiem para Gullar", prosoema confessional. Na abertura da obra, "Fogos de flora", estuda o desmoronamento do nexo verbal, explora latências dos signos libertos do discurso hipnótico, rebeldes à retórica do bom senso, já desgastada. Ocorrem, em menor grau, as associações involuntárias, reminiscências ocasionais que o surrealismo deitou no discurso da modernidade.

Anote-se: simultaneamente à busca da linguagem, marca irredutível do poeta, o leitor se defronta com a investigação da identidade. O procedimento artístico se desenvolve como se o conjunto de poemas se destinasse a responder, ao mesmo tempo, a duas questões: "quem sou eu?" e "que é a poesia?". A estratégia do poeta assinala a sua originalidade: os símbolos, as metáforas, o léxico, a erudição, tudo, enfim, se submete à atração da voz popular, mescla-se ao uso corrente da linguagem.

Os poemas *Concretos/neoconcretos* (1957-1958) constituem uma particularidade até hoje, pois se destinam a contornar o tecnicismo mecânico da produção concreta e os vícios projetados sobre a brigada dos epígonos, que os normalizaram até a exaustão, abrindo-se ao reino da paronomásia e do trocadilho.

Os poemas concretos de Ferreira Gullar abrigam um discurso implícito, despojado da ruinosa verbosidade que cumpria combater àquela época. O grafismo dos poemas aproxima-se da expressão metafórica da poesia. Desdenham da subjetividade sem sacrificá-la. A imagem visual não anula a imagem acústica. Antes, propõe um casamento.

É preciso o concurso do leitor para se atingir a magia poética dos poemas concretos de Ferreira Gullar. Façamos, por exemplo, um convite ao leitor no sentido de palmilhar todas as potencialidades do poema "Mar azul".

Uma coisa é ler (ver) o poema sob a sugestão imediata dos sintagmas ordenados em grupos verticais sucedendo-se em colunas decrescentes da esquerda para a direita. Até parece marcação de pontos de uma curva cartesiana, perante os dois eixos imaginários de abcissas e ordenadas.

Quem adotar o vocábulo "azul" como adjetivo, terá uma resposta convencional, posto que bela. A composição evolui da grandeza "mar azul" até a sutil fragrância do "ar azul", divertindo-se com o parentesco visual de "mar" com "marco"; de "marco" com "barco"; e deste com "arco", até resumir-se no etéreo "ar". A leitura anagramatizante, nos moldes de Saussure, evidencia a prática intertextual de propagação dos registros-irmãos, de contorno físico análaso, sobre a folha de papel.

Mas a operação da leitura não deveria cessar por aí. Se ousasse um pouco mais, haveria de substantivar toda a estrutura da composição. Considere-se "azul" sempre como substantivo. Como cresce o poema, como se multiplica ao fraturar cada sintagma em dois. Então, em vez de a metáfora pousar no som/sentido do signo "ar", deslocar-se-á para o azul da palavra "azul". Passará o sintagma "azul" a encharcar o poema de uma abundância que impregna "mar", "marco", "barco", "arco" e "ar", pois todos esses estarão justapostos ao "azul" em diálogo/correlação com a sua essência.

Romances de cordel (1962-1967) simbolizam uma virada na vida e na obra de Ferreira Gullar. Da continência verbal neoconcreta, passa ao ritmo mais fluente e popular da língua portuguesa, às estrofes narrativas em redondilhas, nos moldes dos cantadores de feiras.

Falam alto no poeta a nordestinidade, a visão urbana e o compromisso social. O poeta faz poesia participante numa época em que a nação se mobiliza para um salto revolucionário. Reúne as queixas e as esperanças da ocasião.

O leitor atento haverá de observar que os poemas que envolvem personagens e situações do Nordeste são mais eficientes e poderosos do que aqueles de ambientação citadina. Assim, "João Boa-Morte - Cabra marcado pra morrer" e "História de um valente" levam nítida vantagem sobre "Quem matou Aparecida - História de uma favelada que ateou fogo às vestes" e "Peleja de Zé Molesta com Tio Sam."

Dentro da noite veloz (1962-1975) representa um dos momentos mais fecundos da realização poética de Ferreira Gullar. Dá-se, então, o clímax do aperfeiçoamento técnico, compartilhado com o direcionamento político do poeta.

Ao mesmo tempo, este ajusta a sua expressão lírica e faz do canto erótico o testemunho de um amadurecimento emocional. A coletânea transpira maturidade.

O poema que dá título ao conjunto constitui uma reflexão sobre a latino-americanidade, a partir do sacrifício de Che Guevara. Realiza a dramatização do trajeto individual, projetando sobre ele a carga histórica de esperança e frustração. O poeta, através do contexto narrativo/reflexivo, tece, em versos admiráveis, uma profissão de fé, uma declaração de princípios, aninhando-se no velho tema do fluxo interminável da vida. Trata-se da atualização do *logos* heraclítico, intensificado pelas circunstâncias do século XX. É lúcido o fecho do poema, no oitavo estrato da composição:

> [...] não basta um século para fazer a pétala
> que um só minuto faz
> ou não
> mas
> a vida muda
> a vida muda o morto em multidão.

Também *Dentro da noite veloz* oferece outro aspecto recorrente da poética de Ferreira Gullar: a perquirição do poema e da poesia, a metalinguagem como forma de procura da essência. Na composição "A poesia" encontramos:

> Exegetas desmontam a máquina da linguagem
> A poesia ri.

Poema sujo (1975) vem depois. Trata-se de um poema-rio, um curso verbal, misto de confissão e terapia, de balanço e projeto, catarse. Em determinado instante, tem-se:

> [...] muitos
> muitos são os dias num só dia
> fácil de entender
> mas difícil de penetrar.

Em seguida, poderemos nos surpreender com jogos verbais, aliterações, mergulhos na memória, uma espécie de cosmologia suburbana, em que o poeta se liga ao universo através dos objetos e de vocábulos dessublimizados. Dá-nos uma poética da carência. E, ao mesmo tempo, o poema se encerra com uma apologia daquilo que o homem possui na lembrança e da correlação infinita das coisas com a experiência das coisas, numa rotação de sistemas:

> cada coisa está em outra
> de sua própria maneira
> e de maneira distinta
> de como está em si mesma.

Aqui, como em outras breves passagens, o leitor sente certo parentesco entre o processo de João Cabral de Melo Neto e o de Ferreira Gullar. A diferença está em que o segundo joga mais longe a canga da regularidade rítmica e da estrofação. Seria o caso de trazer à colação o dístico do poema "Debruçado sobre os cadernos de Paul Valéry" da obra *Agrestes* (MELO NETO, João Cabral de, Rio de Janeiro: Nova Fronteira, 1985).

> Sem nenhum medo, deu-se ao luxo
> de mostrar que o fazer é sujo.

Na vertigem do dia (1975-1980) indica o ponto mais alto de *Toda poesia* de Ferreira Gullar. Ali estão reunidos os sinais da problematização que o poeta efetua na seara da palavra e no revolucionamento da temática.

Sabe-se que a palavra "revolução" deslocou-se dos estudos de Astronomia para os seus usos domésticos, políticos e emocionais. Na versão primitiva, encerrava em si o sentido de "repetição", pois a "revolução" de um astro indicava o caminho deste no espaço até atingir o ponto de partida.

Pois bem: *Na vertigem do dia* pode ser descrito como a "revolução" de Ferreira Gullar. Retrata a passagem do poeta pelas diferentes "revoluções" (sentido moderno) que empreendeu, formal e conteudisticamente, assim como a chegada do poeta após realizar seu primeiro périplo. Todas as marcas de sua trajetória se apresentam na obra, em estado de depuração. Trata-se do encontro da arte, depois de longo percurso de aprendizagem, ou após paciente artesanato.

E também se torna presente a incrível capacidade de visualização dos poemas, de convivência com os espaços e de apropriação do cromatismo.

Como projetor de imagens na consciência do leitor, realiza o jogo temporal/espacial de modo fecundo e desbravador. Seja exemplo o poema "Bananas podres". Uma escultura verbal regida pela máquina corrosiva do tempo.

Que vulto se arrima às considerações das "bananas podres"? O mar, outra vez. O mar que o poeta evoca não somente na sua existência material, mas como signo onipresente, capaz até de impregnar o reino das palavras. Quando Ferreira Gullar indaga por que o mar tem a ver "com estas bananas", sugere igualmente que "tem a ver com esta gente com estes homens / que o trazem no corpo e até no nome". Não estaria aí a confissão de que o "mar" invade o particularismo original do poeta, seu nome de batismo, "Ribamar"? Ou, ainda, na faixa da intertextualidade, a evocação do "mar" ruminante de J. C. de Melo Neto?

Na obra de maturidade, e aqui entra também a derradeira coletânea *Barulhos* (1980-1987), é justo que o poeta regrida aos seus começos. Daí, a bela exploração da "fase especular" no poema "O espelho do guarda-roupa".

Sente-se a dialética da identificação do "eu" unitário e, ao mesmo tempo, no âmago da identificação, repousa a busca do outro, da paisagem, da memória e das formas de composição do "ego" perante as determinações sociais.

Daí a passagem que o poema registra, do "eu" para uma identificação com um objeto no outro (o não-criança). Eis porque o poeta diz do espelho que

> [...] ele
> não nos devolve mais do que a paisagem
> não nos devolve o que ele não reteve:
>   vento nas copas
>   ladrar dos cães
>   a conversa na sala
> barulhos sem os quais
> não haveria tardes nem manhãs.

Observa-se nesta fase da poesia de Ferreira Gullar uma intensificação da metalinguagem. A cada momento, o leitor esbarra com uma arte poética, sendo "Arte poética" o título de um dos poemas de *Na vertigem do dia.* Mas, a bem da verdade, a maior radicalidade da sua preceptiva está no poema seguinte, "Subversiva". Boa e feliz adequação da proposta do discurso poético como entidade transformadora do mundo.

A poética é o motivo dominante de *Na vertigem do dia* e de *Barulhos.* O racionalismo-crítico que orienta a composição de Ferreira Gullar leva-o a sustentar a polivalência da poesia e sua eficácia na luta pela libertação do homem. O aprendizado da vida leva à busca da paz e da verdade *(paideia),* que se revela igualmente um processo de desocultamento *(alétheia)*. A missão do poeta se conjuga com o libertarismo ante as forças coercitivas da sociedade.

Na linha da *ars poetica* circula o pendor crítico derivado de uma axiologia em cujo feitio entra um componente irônico. É o caso do poema "Fevereiro de 82", onde temos, por exemplo:

> Fujo.
> No elevador as pessoas são fantasmas
> (por que não dedicar-me ao decassílabo?
> de óculos e barbas
> engordar em São Paulo citando Ezra Pound?)

De uma só cartada, o poeta lapida a geração 45 e os concretos.

Em seguida, no poema "Desastre", o poeta abre as comportas de um fenômeno que o atrai, a elegia. A metáfora do poema, metalinguagem mais uma vez, conduz "um poema / como um desastre em curso". Que "desastre" é esse? A composição formal? A palavra impossível? Ou o "poema podre"?

O poeta é cheio de astúcias. A arte poética se insere em "Barulho". Aqui prevalece o rumor da palavra, a imagem acústica. Curioso como Ferreira Gullar, em momentos cruciais de sua trajetória, dessublimiza o repertório, desqualifica o tom elevado da velha retórica. A imagem visual se amesquinha no vocábulo "sujo" do *Poema sujo* e a imagem acústica se dirige a seu aspecto incômodo em *Barulhos*.

Adiante, temos a questão pessoal. Sempre a dicotomia entre o canto coletivo, semente da epopeia, e a melodia individual, fundamento da lírica. Diz Ferreira Gullar:

> [...] porque se a poesia
> é universal
> o poema é
> uma questão pessoal.

Lampejos de *ars poetica* frequentam outros poemas, como "O cheiro da tangerina":

> Como o poema, a água
> jamais é encontrada em estado puro.

E prossegue o mesmo ritmo de busca na composição "Nasce o poema". Lembremos o tema elegíaco, que se insinua entre tanta devoção ao poder da palavra. A consciência da morte desenha situações-limite comprometedoras. No poema significativamente denominado "Quem sou Eu?", Ferreira Gullar declara:

> Tudo o que sobrará de mim
> é papel impresso

Depois de tanta navegação no mar das surpresas literárias, dos desafios e das afirmações, eis que o poeta, maduro, se dá conta de que tem nas mãos um instrumento aberto, plurissígnico.

E, ao contemplar o universo de sua temática, oscilante entre o lírico e o heroico, se vê despojado de algumas assertivas, e reinicia o seu caminho de construtor incansável.

Talvez por isso a última composição traga um

designativo genético no título – "Nasce o poema" – e contenha uma interrogação:

como medir
    o cheiro
da tangerina
    que é
    clarão
na boca e sonho
    na fantasia?
    como?

O poeta, involuntariamente, se coloca na encruzilhada das origens. É por aí que novas perguntas são formuladas e outra "revolução" toma seu curso. *Toda poesia* não será o relato de revoluções sucessivas em torno dos mesmos temas?

NAURO MACHADO E A PÁTRIA DO EXÍLIO

Que faz o poeta Nauro Machado* na derradeira coleção de versos reunidos sob o título *Pátria do exílio* (S. Luís:Lume Edições, 2007)? Cadenciado pelo ritmo da redondilha maior, o mais popular da língua portuguesa, converte os heptassílabos no suporte de uma inquietação espiritual que se tem denunciado desde os primórdios da elocução poética do autor.

O formato circular, repetitivo, dos segmentos expressivos delega ao leitor o encargo de elucidar os traumas que cercam a consciência criadora do poeta. Questiona, o autor, a origem do próprio nome, como se fosse um Demiurgo desesperado que hesitasse entre variações onomásticas: Nauro? Mauro? Maura? Mouro?

O retorno obsessivo dos mesmos temas opera simultaneamente o efeito mnemônico e a abertura ao intérprete da preocupação com o drama humano que assedia a expressão.

A reconstrução catártica do passado oferece ao poeta o *leit-motiv* do tópico *ubi sun,* para espanto do ser lírico que reconhece o inexorável da ausência das pessoas queridas, mitigado pela construção textual. A palavra re-presentifica as perdas, traz do vazio ou do esquecimento a iluminação que se perdia nas brumas do pretérito ou nos arcanos do inconsciente. O poeta, assim, restaura o discurso-reparador.

* Nauro Machado nasceu em São Luís, capital do Estado do Maranhão, aos 2 de agosto de 1935. (N. do E.)

Como ele próprio diz: "Ó memória como um mar/Saindo eterno de água escura". E passa a enumerar o que se perdeu.

As variações se revelam múltiplas. A cidade de São Luís, por exemplo: "São Luís, lepra de um sapo" (p. 60), já se mostrara: "Vivo velho em São Luís/Como outrora a amei e quis" (p. 34).

O aspecto elegíaco expõe-se a cada momento. Espaços (o eixo São Luís/Lisboa) e tempos se conjugam para acinzentar o canto: espaços, tempos e também experiências emocionais, de que a literária é a mais pungente (vg. Fernando Pessoa). Em síntese, no dizer do poeta: "Todo passado é o presente/De um futuro em mim já morto" (p. 82).

Para melhor entendimento, reproduzamos toda a sextilha:

> Se Lisboa está à minha frente
> E São Luís é o meu porto,
> Se eu só viajo na mente
> Que é o meu real aeroporto,
> Todo passado é o presente
> De um futuro em mim já morto.

O cerne de tudo é a solidão. A mais profunda e radical, aquela que conduz o poeta a clamar-se em exílio no próprio berço natal. O futuro? Tema recorrente da espera fatal: "Deixem-me sonhar meu sonho/Antes do sono final!" (p. 44).

Pois, na concepção deceptiva de Nauro Machado, o ser não se realiza no período de espera, na travessia, como postulou Guimarães Rosa, mas estará sempre incompleto até a hora final: "Ninguém dirá quem eu fui/Se eu próprio não sei quem sou." (p. 51). Parece dizer: perante o juízo interior e a razão externa, o poeta não se salva. Mas, na história humana, o discurso que transporta a mensagem negativa, constrói igualmente a reputação do poeta, uma vez que a enunciação consagrada do exílio no âmbito da pátria equivale à conquista da glória artística. É o desafio à morte pelo esquecimento. Trata-se, para o escritor, do exílio para onde a morte não chegará.

As razões do poeta Nauro Machado*

Apenas uma breve notícia: *A rocha e a rosca* (MACHADO, Nauro, São Luís:Lithograf, 2003) representa o ponto mais alto da carreira do poeta Nauro Machado. Precede o trabalho um agudo e inteligente estudo de Ricardo Leão, *A épica do ser*. Quanto a mim, gostaria de discutir mais pormenorizadamente as categorias concernentes à epopeia e ao lirismo.

Creio que a predominância da massa narrativa em *Latinoamérica*, de Marcus Accioly, confere-lhe a primazia do aspecto épico. Do outro lado, a intensidade do "eu poético" acima do "eu social", em *A rocha e a rosca*, dotam este poema de extrema formação lírica.

Como quer que seja, a vivência poética de Nauro Machado culmina em *A rocha e a rosca*, talvez um dos mais inquietantes depoimentos existenciais da literatura

---

* LUCAS, Fábio, *Lições de literatura nordestina*, Coleção Casa de Palavras-Fundação Casa de Jorge Amado, Salvador, 2005.

brasileira. Tudo ali se conjuga para assinalar o alto poder de realização do autor. Estrofes regulares, quase sempre encapsuladas em seu próprio sentido, versos medidos na sua cadência mais popular, poder conceitual decorrente das sentenças em forma de aforismos, tendência à ênfase anafórica, inspirada nas ladainhas, amargo tom crepuscular, tudo conspira para tornar *A rocha e a rosca* um poema-chave na obra do poeta maranhense.

A forma perfeita instrumentaliza a reflexão metafísica do poeta acerca da consciência da morte. Uma espécie de digressão sobre a morte anunciada, num tom pessimista "de uma alma que é enfim ninguém" (p.33). O poeta não se detém da confissão mais áspera: "vendo um morto, eu me antevejo!" (p.37).

O lirismo de Nauro Machado confina com o de Jorge de Lima e, remotamente, com o de Augusto dos Anjos. Guarda a aspereza de João Cabral de Melo Neto e a elegância filosófica de Fernando Pessoa. Tornou-se mestre nos vocativos desesperados. *A rocha e a rosca* enobrece a nossa poesia. Faz da morte a razão do canto, como Henriqueta Lisboa em *Flor da morte* (Belo Horizonte: Calasans, 1949).

OS CANTOS AMAZÔNICOS DE MÁRCIA THEÓPHILO

Quando nos defrontamos com a poesia de Márcia Theóphilo*, tão arraigada na mitologia do Amazonas, o primeiro impulso consiste em relacionar *mithos* e *logos,* na medida em que o trabalho artesanal e a construção dos poemas fazem interromper a *ratio* civilizadora na representação do mundo mágico.

Nesta era de pleno avanço do processo capitalista no campo das relações humanas, é preciso recordar que, desde as sociedades naturais, o artista precede o trabalhador. Dito de outra maneira, a arte, desde as origens, tem demonstrado ser mais substancial ao homem do que o trabalho.

Quando se leem *Io Canto L'Amazzonia* (Roma, Edizioni dell'Elefante, 1992) e *Os meninos jaguar* (Roma, Edizioni de Luca, 1995), ambos bilíngues, editados na Itália, o que primeiro vem à mente é o esboço de uma cosmologia que se planta por detrás dos poemas.

É comum que isto ocorra ao se tomar o Amazonas como fonte temática da expressão literária. Já Euclides da Cunha assinalava que, diante do esplendor daquela natureza, tinha-se a impressão de não haver sido escrita ainda a última página do Gênese.

Da leitura dos poemas de Márcia Theóphilo, sente-se que a vida se reparte em todos os segmentos da natureza. É o que exprime o poema VII de *Os meninos jaguar*:

---

* Márcia Theóphilo nasceu em Fortaleza (CE), em 1940, mas toda a sua obra poética se inspira na floresta amazônica e seus povos (N. do E.).

O menino jaguar
se transforma em todas as coisas
que vivem nas águas
se transforma em todas as coisas
que vivem na terra
não tem diferença entre plantas e animais
tudo o que vive na floresta é dentro da deusa.

Reconhece-se nos poemas o panteísmo que os inspira e a reversibilidade entre deuses e seres humanos. Enquanto o poema XLVI diz:

sou eu o papagaio, sou eu a araracanga
sou eu a arara vermelha, o grou
a curica azul
suas preciosas plumas ligadas
lianas: brincos
pulseira e mantas,

O poema de nº XLVIII propõe:

dançar mascarados dá poder
a máscara de tenra casca
da madeira tucupi
não se separa mais do rosto
transforma cada criança
em divindade.

A poeta reconhece o primado do símbolo, constante das sociedades naturais. Fala do mundo mágico, mostra uma constante visão anímica. Veja-se o final do poema *Os tocadores de uruá:*

> Árvore, eu conheço a tua vida
> os teus sussurros, a voz dos teus ramos
> e tu procuras o meu olhar para fazer-me companhia.

Também intenso é o culto orgiástico, em que são cantados os excessos, como se vê no poema *Última orgia*:

> Continuemos, nada nos faça parar
> as divindades pagãs desçam, conosco
> e se realize a maior de todas as estórias
> sempre e somente medida pelos excessos.

Quando a natureza é invadida e dominada pela cultura, o pensamento lógico oblitera o pensamento mágico. Desperta-se a nostalgia dos tempos da inocência e o sentimento de pedra invade o espaço existencial. É o que se vê no trecho adiante, do poema *A chuva as descoloriu*:

> dentro de cada um de nós
> as primeiras perspectivas
> de reconstruir a infância
> começaríamos daquela época
> em que conseguíssemos ver
> as tardes transcorrendo em bosques
> que não se usam mais.

Hegel diria que a poesia do coração se perde no choque com a prosa das relações sociais.

O mundo convocado pela realização poética de Márcia Theóphilo não se congela numa estátua fria do passado. A sua poesia aborda os temas da metamorfose e da mudança. Contempla a vida com as suas modificações.

Não há, no seu modo de encarar o mundo, a prevalência do normativo sobre o explicativo. Seu fim essencial é traçar, ao longo da forte mitologia amazônica, os caminhos da expressão poética e a fundamentação de uma causa que diríamos a paixão ecológica, dado o seu sentido altruístico.

Os poemas de Márcia Theóphilo se assemelham às orações rezadas. Mas se distinguem destas na medida em que os mitos, para ela, deixam de ser uma crendice, ou objeto de uma crença, para ilustrar a dimensão da totalidade que existe no homem.

Os mitos passam a ser componentes de uma visão estética do universo. Estética no sentido de que o seu princípio básico é a beleza.

Como sabemos, o poeta não cria nem instaura o mundo épico. Ele, sim, tem assegurado o seu reconhecimento, pois este tem existência anterior à expressão que o consagra.

Os mitos administrados por Márcia Theóphilo são velhos conhecidos da gente brasileira: Yara, Saci Pererê, Cobra Grande, o Boto, a Mula sem Cabeça, a Lua e todas as subdivindades a eles ligadas dispõem de um tempo imemorável na consciência do nosso povo.

O que Márcia Theóphilo fez foi injetar o sopro da poesia sobre esses mitos, enunciá-los numa ordem significativa, dar-lhes corpo e dramaticidade.

O texto não é impulsionado pela sanha arqueológica, mas é um esforço de vivificar a herança pelo argumento poético.

A temática de Márcia Theóphilo vem a ser a narrativa dos mitos e sua atualização. Daí o seu cunho acidentalmente ideológico e político, pois aponta para a defesa e proteção do meio, contra as forças do capitalismo globalizado, que tudo destrói em nome do lucro, embrutecendo os prazeres do consumo.

O caso de Márcia Theóphilo é o do artista que cria a partir da fé coletiva. Cria sem destruir, deixando intocados os valores havidos por herança. Daí a invocação de *Iurupari*, deus do sonho.

Anote-se que, ao reverenciar e estetizar os mitos, Márcia Theóphilo algumas vezes os projeta ao plano existencial. Daí, dois vetores: o protesto contra a ação destrutiva do homem perante a natureza e o lamento quase elegíaco ante a ameaça da perda dos valores consagrados. Mais uma vez se percebe que a *ilusão* é uma *alusão*.

Entre os poemas podemos localizar uma elegia baseada na contingência humana, um canto da impotência:

> As vozes que ouves
> o ritmo tão longe dos tambores
> que soam
> é porque não consigo chamar
> as madrugadas.

(poema As vozes que ouves, *Io Canto L'Amazzonia*, p. 208).

Em síntese: temos nas obras de Márcia Theóphilo uma visão de mundo, uma cosmovisão, que não lhe pertence, mas que é captada e interpretada por ela. Portanto, o fenômeno coletivo é individualizado por uma força musical, um verbalismo contido, uma expressão poética de raro efeito representativo. Na verdade, Márcia Theóphilo nos adianta uma camada lírica sobre o manancial épico amazônico, de que ela se tomou privilegiada intérprete. Ali se mostra a sensibilidade criadora da poeta, sua particularização dos valores universais. Um contrato social bem realizado, uma poesia perpassada pelas forças telúricas. Ilustremos seu estro com *Festa de lua nova*:

Não escutas as músicas que se expandem no alto?
Todos cantam e bailam sem parar.
Invocam a lua nova.
Por quatro dias dançando
com o corpo pintado de um vermelho vivo.
Para a festa da lua
os dançarinos vão à casa das máscaras.
Vestem-se de animais e troncos de árvores.
Depois, na praça da aldeia,
todos cantam e contam seus ódios, seus amores.

POESIA POUSADA NA PROSA: BENEDICTO MONTEIRO

Tendo falecido em 2008, o romancista Benedicto Monteiro, paraense, desejamos evocar o escritor com o estudo adiante, de escassa circulação, que precedeu o lançamento de sua obra de coleta de poemas nos textos de Dalcídio Jurandir, Guimarães Rosa, Euclides da Cunha, seguidos de curiosos poemas próprios.

Além do prazer da leitura, *A poesia do texto* (Belém, Cejup, 1998), traz ao leitor o gosto da reflexão sobre o destino da Literatura e os limites dos gêneros literários. É que o escritor ousa confinar à forma poemática impressões colhidas da prosa de Dalcídio Jurandir, Guimarães Rosa e Euclides da Cunha.

O primeiro trabalho, certamente, foi o de selecionar trechos dos autores mencionados, em que a descrição de paisagens ou de episódios se carrega de elevado poder poético ou de grande força dramática.

Depois, o autor de *A poesia do texto* monta engenhosamente as suas composições, que ora se assemelham a uma paráfrase dos excertos meticulosamente escolhidos, ora se caracterizam por mera transposição do fragmento inspirador para a esfera lírica.

Deste modo, tomaram corpo os poemas aglutinados sob o título *A poesia do texto.* O que se observa é que Benedicto Monteiro navega abertamente nas altas esferas da produção literária.

Sempre se disse que cada autor escreve sua obra a partir de todas as outras que a antecederam. Assim, cada obra germina os canais do próprio passado. Se isso vinha sendo observado ao longo da história da Literatura, agora, mais do que nunca, o fenômeno se acentua. Virou sintoma epocal. É que o poder da criação entrou em crise, pelo menos nos critérios consagrados, e a nova geração de escritores se sente destinada a reescrever as obras passadas.

A nosso ver, estamos assistindo no Ocidente a um Renascimento especial, já que a primeira Renascença redescobriu os Clássicos para imitá-los, e gerou os Renascentistas. Numa segunda etapa, os Neoclássicos assimilaram os Clássicos e os Renascentistas. Bom exemplo disso pode encontrar-se entre os Árcades Mineiros.

Agora, exaurido o Modernismo, de certo modo de espírito neobarroco e neoromântico, chegou a vez de se redesenharem os antepassados. Observe-se: não faz muito Autran Dourado capitulou-se ante a tentação de reescrever um dos seus primeiros romances. Editou *Ópera dos fantoches* (Rio, Francisco Alves, 1994), que representa uma atualização parodística da novela *Tempo de amar* (Rio. J. Olympio, 1952). Já se disse, a propósito de Marcel Proust, que o autor escreve a mesma obra várias vezes durante a vida. Seria o caso?

Saindo do âmbito doméstico, podemos trazer ao proscênio o conto "Missa do Galo", de Machado de Assis, reescrito sob o visor de cada um, pelos ficcionistas Antônio Callado, Autran Dourado, Julieta de Godoy Ladeira, Lygia Fagundes Telles, Nélida Piñon e Osman Lins (cf. *Missa do galo - Variações sobre o mesmo tema,* S. Paulo, Summus, 1977). Variações, como está no subtítulo da obra concebida por Osman Lins e Julieta de Godoy Ladeira.

Outro caso foi o de Wagner Costa, Lúcia Machado de Almeida, Ignácio de Loyola Brandão, Ildeu Brandão, Flávio Aguiar, Edy Lima, Jaime Prado Gouvêa e Fanny Abramovich que, tomando o conto machadiano "Linha reta e linha curva" (*Contos fluminenses*), procuraram completar o texto, redimensionando-o, no propósito de concluir um relato inventado pela personagem Tito, que interrompera sua *História de um homem e de um macaco*. Ao que tudo indica, o subtexto funcionaria como uma fábula, ou mesmo um misto de fábula com a parábola de conteúdo moral, exemplar.

Mais ainda, um terceiro exemplo: Lygia Fagundes Telles e Paulo Emílio Salles Gomes prepararam em *Capitu* (S. Paulo, Siciliano, 1993) uma "adaptação livre para um roteiro baseado no romance *Dom Casmurro,* de Machado de Assis". Nota-se, no enredo produzido pelo casal de escritores, certa liberdade "cênica" com a narrativa do Bruxo, a fim de dar maior visualidade e dimensão dialógica ao enredo, agora dependente de um projeto cinematográfico de Paulo César Saraceni, que pretendia filmar *Dom Casmurro* com um roteiro escrito pelos dois.

Outro esforço digno de referência foi o de Haroldo Maranhão, que traçou, em termos romanescos, o memorial do grande astro de nossas Letras, fundindo, por assim dizer, em dicção própria, Machado e o Conselheiro Aires, ou seja, autor e obra, em *Memorial do fim* (Rio, Marco Zero, 1991). Ali se narram os últimos dias do criador da Academia Brasileira de Letras e se enreda um possível caso extra-conjugal do romancista. Paródia e citações se mesclam.

Não fica aí o tema da literatura derivada, ou o efeito de uma obra sobre o seu futuro. Ou, ainda, o prestígio de que hoje desfrutam a paródia, a paráfrase, quando não a literatura pleonástica. Veja-se o que ocorreu no centenário da publicação de *Dom Casmurro*. A centenária Capitu mereceu dois modos de redundância. O de Fernando Sabino que, ao publicar *Amor de Capitu* (S. Paulo, Ática, 1998), resolveu narrar a mesma história em terceira pessoa, expurgando do modelo original o narrador, os motivos livres, as digressões e até mesmo um ou outro vocábulo considerado arcaico ou de sentido obscuro para os dias de hoje. E, o mais grave, adotou uma perspectiva acusatória, enfatizando mais a culpa da heroína do que a construída ambiguidade machadiana, o mais insinuante requisito da prosa magistral de *Dom Casmurro*. Mas o texto final é relevante sob todos os aspectos, já que apoiado sobre o notório engenho de Fernando Sabino, mestre do relato e admirável construtor de diálogos.

Ao lado da experiência de Fernando Sabino, outra se deu com *Capitu: memória póstuma* (Rio, Atrium, 1998), de Domício Proença Filho, que pretendeu dar voz a Capitu, com o fim de redimi-la do secular libelo de infidelidade conjugal.

Mudando de seara, vale recordar que Lenilde Freitas, esmiuçando a obra de Clarice Lispector, descobriu-lhe poemas perfeitos disseminados na prosa narrativa, tanto mais intencionais quanto alguns deles se repetem em diferentes textos da autora. Bastou colocar os fragmentos em forma poemática para se revelar Clarice Lispector no esplendor de seu gênio lírico.

Já Benedicto Monteiro foi além, pois, de certo modo, interferiu na prosa dos autores selecionados, a fim de dar forma aos poemas. Assim, ofereceu-nos uma coletânea de poemas amazônicos a partir dos cabedais de Dalcídio Jurandir, retirados da obra *Chove nos campos de Cachoeira*. Algumas composições se tornaram magistrais. É o caso de se apontarem "O galope", "Ardência", "Súplica", "Impotência", "Recordação", "Cemitério de navios", "O pároco da várzea", "O foguetеiro", "O quintal", "Flor e fogo", "Oração a S. Benedito" e "Açaizeiro".

Outra emoção é a leitura dos excertos tirados da obra de Guimarães Rosa. Curiosamente, há neste passagens que lembram, no embalo da prosa e no estilo sentencioso, o melhor de Guimarães Rosa.

Na parte dedicada a este, cujo discurso é mais perpassado de poesia encantatória e de construção imagética, os prazeres da leitura se intensificam quer pela escolha do texto-base, quer pela realização do poema-derivado. Trabalhos como "Medeiro Vaz", "Solidão", "Viver é muito perigoso", "Desespero", "Diadorim", "Inocência" e "Pedra" testemunham a força lírica de Benedicto Monteiro. O poder verbal se condensa nos limites devidos, sem se espraiar em demasias ou em mera ornamentação retórica.

Por fim, o poeta se louva da expressão coruscante de Euclides da Cunha e compõe textos surpreendentemente felizes. É o caso de "A morte do cavalo", de elevado teor pictórico. Assim como "Juazeiro morto" de alta configuração paisagística. E, do mesmo modo, "O vaqueiro do Nordeste", já de personificação regional, limítrofe do legendário. "A pedra bonita" torna presente a visão dramática da Região, com seus mitos e histórias. Assim como "O estouro da boiada" caracteriza um fenômeno já repousado na memória coletiva brasileira, fruto das versões escritas de grandes estilistas como Euclides da Cunha e Rui Barbosa. Benedicto Monteiro ressuscita o tema valendo-se de sua tradição. "Canudos" se torna um poema inesquecível, dado o arranjo que lhe propiciou o autor de *A poesia do texto*. E é admirável a composição "A criança jagunça", trazendo à forma de poema a razão crítica e os juízos de valor do autor de *Os sertões*.

Por fim, o leitor poderá abastecer-se da vertente confessional do próprio poeta, que na parte final assume a própria fala. Poemas líricos centrados no eu-poético que se confunde com o próprio autor. Enfim, um fecho para a memorável aventura literária.

FÁBIO LUCAS E SUA OBRA

Fábio Lucas nasceu em Esmeraldas (Minas Gerais), aos 27 de julho de 1931. Em seu discurso de posse na Academia Mineira de Letras, em 19 de outubro de 1961, disse: "O livro é o objeto de quase todas as horas de que disponho". Com tal paixão tornou-se um dos principais membros da geração literária mineira que fundou, em Belo Horizonte, as revistas "Vocação" (1951) e "Tendência" (1957), em cujas equipes participaram o poeta Affonso Ávila e o romancista Rui Mourão.

Em 1953, Fábio Lucas graduou-se em Direito pela Universidade Federal de Minas Gerais, e, em 1963, concluiu doutorado em Direito Público, em Economia e História das Doutrinas Econômicas pela Fafich/UFMG. Na mesma Universidade, tornou-se professor de Teoria da Renda e Repartição da Renda Social na Faculdade de Ciências Econômicas, em que teve mestres como Emílio Moura e Francisco Iglésias como colega, sofrendo perseguições durante os sombrios anos da ditadura militar (1964-1975), quando lhe retiram a cadeira em que lecionava, o que o obriga a partir para o exterior.

Professor, ensaísta, tradutor, crítico e teórico da literatura, lecionou em seis universidades norte-americanas, cinco universidades brasileiras e uma portuguesa. Dirigiu o Instituto Nacional do Livro em Brasília, bem como a Faculdade Paulistana de Ciências e Letras. É autor de mais de 50 obras de crítica e ciências sociais, entre as quais se destacam: *Poesia e prosa no Brasil: Clarice, Gonzaga, Machado e Murilo Mendes* (1976), *Vanguarda, História e ideologia da literatura* (1985), *Fontes literárias portuguesas* (1991), *Do barroco ao moderno* (1989), *Mineiranças* (1991), *Cartas a Mário de Andrade* (1993), *Jorge de Lima e Ferreira Gullar, o longe e o perto* (1995), *Luzes e Trevas, Minas Gerais no séc. XVIII* (1998), *Murilo Mendes, poeta e prosador* (2001), *Literatura e comunicação na era da eletrônica* (2001), *Expressões da identidade brasileira*

(2002), *O poeta e a mídia: Carlos Drummond de Andrade e João Cabral de Melo* (2004), *O poliedro da crítica* (2009), *O centro e a periferia de Machado de Assis* (2010), *Ficções de Guimarães Rosa: perspectivas* (2011). Na ficção, produziu o romance *A mais bela história do mundo* (1996). Com *O caráter social da literatura brasileira* (Paz e Terra, 1970) conquistou o Prêmio Jabuti de Literatura, no setor "Estudos Brasileiros", concedido pela Câmara Brasileira Livro. (Obs: *O caráter social da literatura brasileira* oferece um roteiro ímpar, seguro e obrigatório, para quem busca os melhores caminhos na brumosa seara das narrativas de cunho social no Brasil). *Razão e emoção literária* recebeu o Prêmio Crítica, "Os Melhores do Ano de 1982", da Associação Paulista de Críticos de Arte (APCA). Em 1992, Fábio Lucas ganhou o Prêmio Juca Pato, como Intelectual do Ano, concedido pela União Brasileira de Escritores, juntamente com o jornal "Folha de São Paulo". Em 2006 obteve o Prêmio Conrado Wessel na área de Literatura.

Verdadeiro e merecido é o resgate que o poeta e ensaísta Aricy Curvello (também "mineiro"!) realiza em seu artigo "Fábio Lucas, um mestre aos 80 anos" (jornal "Linguagem Viva" nº 263, julho de 2011, São Paulo, SP), no qual se refere a Fábio Lucas com estas aladas palavras:

> Considerado um dos mais importantes críticos e conferencistas internacionais de literatura brasileira. Quando da comemoração de seu aniversário, em 1997, em homenagem prestada pela grande imprensa de Minas Gerais, o escritor e jornalista Roberto Drummond definiu Fábio Lucas como o que há de melhor na Crítica no Brasil, ao lado de Antonio Candido e de Wilson Martins.

Acrescente-se que o compromisso do crítico Fábio Lucas, ao longo de seis décadas de intensa militância intelectual, estendeu-se para o campodas lutas cívicas. Todas as vezes em que a liberdade de organização e de expressão do pensamento esteve ameaçada,

Fábio Lucas repudiou publicamente o autoritarismo. Em 1984, por exemplo, participou do movimento político que exigia a redemocratização do Brasil. Como presidente, por cinco vezes, da União Brasileira de Escritores (UBE-SP), Fábio Lucas manteve a independência da instituição frente aos setores do livro ligados ao "mercado", bem como resistiu às pressões do Estado – quer o Estado totalitário, implantado pelos militares em 1964, quer o Estado "democrático" que se lhe seguiu, o qual, já não com as armas impopulares da ditadura, mas com o emprego "simpático" (e legal!) do dinheiro público, tem aliciado e silenciado consciências.

Vice-Presidente da primeira Diretoria da Associação Brasileira de Direitos Repográficos (ABDR) como representante dos escritores, notabilizou-se pelo combate à pirataria e à fraude ao direito autoral. Foi membro titular do Conselho Nacional de Direito Autoral (CNDA) de 1989 a 1991.

Organizou, em 1985, o Congresso Internacional de Escritores do Brasil, em São Paulo, com a presença de 1200 escritores. Esteve, em 1995, na organização do primeiro Congresso de Escritores do interior de São Paulo. Também, em 1995, participou da organização do Congresso de Escritores do Mercosul.

Mais recentemente, Fábio Lucas presidiu a comissão de escritores que redigiu o Manifesto dos Escritores Brasileiros, que resultou das discussões, análises e deliberações do Congresso Brasileiro de Escritores, que se realizou de 12 a 15 de novembro de 2011, na cidade de Ribeirão Preto (SP).

Saindo da pequena Esmeraldas, Fábio Lucas soube conquistar – com trabalho, inteligência e a notória "prudência mineira" – todos os lugares por onde foi passando, até fixar-se na cosmopolita São Paulo, que acolheu a este ilustre mineiro e concedeu-lhe assento na Cadeira 27 da Academia Paulista de Letras (APL).

ÍNDICE ONOMÁSTICO

Esta obra foi impressa pela Gráfica EME, Av. Brig. Faria Lima, 1080, V. Fátima, cidade de Capivari, Estado de São Paulo, Brasil, para a Associação Cultural Letra*Se*lvagem, em maio de 2012.